MARIA TEREZA MALDONADO

Ilustrações de Marcelo Martins

florestania

a cidadania dos povos da floresta

Selecionado para o PNLD/SP 2003

6ª ed

Editor: ROGÉRIO GASTALDO
Assistente editorial: ELAINE CRISTINA DEL NERO
Secretária editorial: ROSILAINE REIS DA SILVA
Suplemento de trabalho: MÁRCIA GARCIA
Coordenação de revisão: LIVIA MARIA GIORGIO
Gerência de arte: NAIR DE MEDEIROS BARBOSA
Supervisão de arte: VAGNER CASTRO DOS SANTOS
Finalização de capa: ANTONIO ROBERTO BRESSAN
Projeto gráfico e diagramação: SETUP – BUREAU DE EDITORAÇÃO ELETRÔNICA
Produtor gráfico: ROGÉRIO STRELCIUC
Impressão e acabamento: A.R. FERNANDEZ

Dados Internacionais de Catalogação na Publicação (CIP)

Maldonado, Maria Tereza
Florestania : a cidadania dos povos da floresta / Maria Tereza Maldonado ; ilustrações Marcelo Martins. — 6. ed. — São Paulo : Saraiva, 2009. — (Coleção Jabuti)

ISBN 978-85-02-03891-2

1. Literatura infantojuvenil I. Martins, Marcelo. II. Título. III. Série.

CDD-028.5

Índices para catálogo sistemático:

1. Literatura infantojuvenil 028.5
2. Literatura juvenil 028.5

11ª tiragem, 2019

Avenida das Nações Unidas, 7221 – Pinheiros
CEP 05425-902 – São Paulo – SP – Tel.: (0xx11) 4003-3061
www.coletivoleitor.com.br
atendimento@aticascipione.com.br

CL: 810080
CAE: 571358

AGRADECIMENTOS

Gostaria de agradecer às pessoas com quem conversei e que me forneceram informações preciosas para a "pesquisa da realidade" que fundamentou a criação da história que resultou neste livro. Não há espaço para mencionar todas, mas gostaria de destacar a equipe do hotel Aldeia dos Lagos, em Silves, onde passei cinco dias muito agradáveis; Mara Regia di Perna, radialista, com quem conversei sobre "o poder das ondas do rádio", Maria Inês G. Higuchi, que me falou em detalhes sobre o Projeto Pequenos Guias do Bosque da Ciência; Ieda Sella e João Alberto Ribeiro, que me informaram sobre o projeto de ecoturismo de base comunitária em reservas extrativistas, em Rondônia; a equipe da Universidade Federal de Rondônia, responsável pelo Projeto Beradão, um projeto de pesquisa e extensão para o desenvolvimento sustentável de populações tradicionais da Amazônia. Essas e muitas outras pessoas, juntamente com as viagens pela região, me permitiram fazer uma fascinante "descoberta da Amazônia".

SUMÁRIO

CAPÍTULO 1

A PRIMEIRA VIAGEM

— Oi, mãe, você vai estar em casa por volta das seis da tarde?

— Não, depois que eu sair do trabalho tenho que passar no mercado para comprar umas coisas que estão faltando. Chego lá pelas sete. Você vem jantar com a gente?

— Vou, sim. Tem comida boa hoje?

— Como sempre, minha querida...

Flávia saiu da redação do jornal em que trabalha, passou em casa para pegar lençóis, toalhas de banho e algumas roupas, jogou tudo dentro de uma sacola grande. Abriu o armário, pegou a mala, selecionou algumas camisetas, bermudas e um par de sandálias, a máquina fotográfica, o chapéu, o protetor solar. Olhou o relógio, já passava das seis. Foi até a cozinha, comeu dois biscoitos, voltou para o quarto, pegou uma pequena mochila para colocar dentro da mala. "Ah, estou com fome, vou logo lá pra casa da mamãe, depois resolvo o que mais eu vou levar para Manaus", pensou.

O trânsito estava bastante engarrafado, já passava das sete quando chegou e, para sua surpresa, encontrou o pai em casa.

— Hoje saí cedo do escritório e estou preparando um macarrão caprichado pra gente, receita nova.

— Ai, como é bom ter pai que gosta de cozinhar! O cheiro está ótimo, o que você colocou nesse molho?

— Depois que a gente comer eu conto!

— Mãe, bota essa roupa na máquina pra mim? — pediu Flávia, pegando a sacola de roupa suja que tinha deixado no sofá da sala.

— Ué, por que eu? Você também sabe usar a máquina de lavar...

— Ah, mãe, estou com preguiça... faz isso pra sua filhinha, faz!

— Minha filhinha que já passou dos vinte há muitos anos...

— Ah, mãe, não exagera! Acabei de fazer vinte e quatro!

— Mas ainda se comporta como uma menina que brinca de casinha. De que adianta querer morar sozinha e ficar comendo e lavando a roupa suja na casa de papai e mamãe?

— Ah, mãe! Até parece que eu venho aqui todos os dias. Estou me acostumando aos poucos a ser independente. A maioria dos meus amigos ainda mora na casa dos pais, e alguns deles já estão com mais de trinta anos. Custa vocês me ajudarem?

— Menina, você está reclamando de quê, hein? Mora no quarto e sala que vovó deixou de herança, nem tem que pagar aluguel, usa a nossa faxineira que a gente paga, pede dinheiro emprestado e nunca devolve... O que mais você quer, princesa?

— Ih, daqui a pouco vocês duas vão começar a brigar e o macarrão está quase pronto! Comer de mau humor dá indigestão — interveio o pai de Flávia lá da cozinha.

— Tudo isso porque a mamãe não quer fazer o favor de lavar minha roupa, pai!

— E aquela lavanderia que tem na esquina da sua casa, minha filha?

— Puxa, pai, jornalista ganha pouco, não tenho dinheiro para gastar em lavanderia, não! E muito menos para comprar uma máquina de lavar!

— Quem mandou desistir de ser advogada? Poderia estar trabalhando comigo no escritório, cheia de clientes.

— Ai, para com isso! Você sabe muito bem por que eu não aguentei mais de um semestre naquela faculdade! Chato demais estudar aquele monte de leis. Isso é só pra quem gosta, que nem você.

— Mas como jornalista você também não está muito satisfeita... — retrucou a mãe.

— Claro! Fazer matérias sobre crimes e violência em geral não é nada agradável. Mas agora vai melhorar. Meus colegas ficaram morrendo de inveja quando souberam que eu fui transferida para o Caderno de Turismo.

O pai de Flávia entrou na sala, trazendo a panela com o macarrão fumegando, cheirando a manjericão. A sacola com a roupa suja continuou no sofá da sala, a irritação cedeu lugar ao apetite, os três passaram a conversar sobre o irmão mais velho de Flávia, que mora em Florianópolis. O pai lamentou, mais uma vez, que nenhum dos filhos quis ser advogado para dividir com ele o trabalho do escritório. Lembraram-se da indecisão de Flávia, que, faltando dois meses para o vestibular, ainda não sabia se seguiria a carreira do pai, se faria jornalismo, biologia ou administração. Depois de um semestre cursando direito pela manhã e jornalismo à noite, desistiu de ser advogada.

— Pai, nunca vou me esquecer da cara que você fez quando eu disse que só ia fazer jornalismo!

— É, fiquei desapontado mesmo... Meu sonho era ter pelo menos um de vocês trabalhando comigo no escritório. Lutei tanto para chegar onde estou, seria um caminho mais fácil para todos nós. Mas depois eu me conformei: o importante é que vocês se sintam bem com o trabalho que escolheram.

— E aí, filha, a mala já está pronta?

— Quase. Quando eu chegar em casa, ainda tenho que pegar mais algumas roupas. Minha primeira viagem de trabalho... Acho que vai ser ótimo trabalhar passeando! Mas eu estou insegura: será que vou conseguir escrever matérias interessantes sobre esses passeios? Meu novo chefe parece ser muito exigente.

— Ai, Flávia, desde pequena você é assim indecisa, insegura.

— Mãe, você está exagerando de novo! Já melhorei muito. Além disso, é normal a gente se sentir insegura no início de um novo trabalho, não acha não?

No dia seguinte, Flávia acordou cedo e foi para o aeroporto, levando um livro de crônicas na bolsa para se distrair nas cinco horas do voo Rio-Manaus, e mais algumas horas de barco até o hotel de selva, onde passaria alguns dias anotando detalhes dos passeios para a matéria proposta por seu chefe.

Chegou ao hotel no final da tarde. Revoadas de pássaros, a luz suave do sol passando por muitas nuvens, vários tons de verde colorindo centenas de árvores da floresta. Flávia saiu do barco, parou por alguns instantes na beira do cais para apreciar a paisagem e o hotel de madeira pintado de verde à sua frente. Depois de se registrar na recepção, caminhou quase dez minutos até chegar ao quarto. Lá, deitou-se, cansada, olhando as árvores pela tela de proteção colocada na janela. Sem sequer abrir a mala, fechou os olhos e acabou dormindo. Acordou sobressaltada; já estava quase terminando a hora do jantar.

CAPÍTULO 2

PASSEANDO PELO RIO

Apesar da chuva forte que caiu de repente, o calor continuou intenso, quase sufocante. Flávia e mais dois turistas rapidamente se abrigaram em capas plásticas; os outros apenas protegeram suas mochilas, filmadoras e máquinas fotográficas, gostando do banho de chuva que prometia refrescá-los. Gil foi desacelerando o barco, já próximo à margem do rio, no ponto em que os turistas e o guia de selva começariam a pegar a trilha para a mata. Ficariam por lá cerca de uma hora, observando árvores, plantas, pássaros, ouvindo as explicações do guia, biólogo que falava inglês e espanhol, sobre as propriedades medicinais das cascas e raízes de árvores e de várias plantas da Amazônia.

Gil aproveitou o tempo de descanso para contemplar o rio e a floresta. "Que silêncio sagrado, aqui a gente sente a presença de Deus", pensou. Vez por outra, uma revoada de papagaios e o canto de alguns pássaros quebravam o silêncio, o que não impedia Gil de continuar se sentindo num templo. "Santuário ecológico, não é à toa que as pessoas inventaram esse nome para lugares como esse."

Respirou fundo, sentindo o cheiro do verde molhado de chuva, fechou os olhos não só para sentir melhor o perfume da mata e "ouvir o silêncio", como costumava dizer, mas também para "viajar no tempo e no espaço", embalado pelas lembranças da praia de uma pequena cidade ao sul da Bahia, onde nasceu, cresceu e começou a trabalhar como barqueiro, transportando turistas amantes da natureza que não se importavam com a falta de conforto das pousadas precárias da região.

Abria os olhos, via o rio e a floresta tropical; tornava a fechá-los e se transportava para as praias de mar azul, água morna, areias finas e brancas, quilômetros a perder de vista, milhares de coqueiros e cajueiros, a música das ondas, o balé das gaivotas, os desenhos mutáveis das nuvens que gostava de contemplar desde criança, quando a mãe o chamava de sonhador. "Esse menino parece que vive nas nuvens", dizia ela, quando Gil nem a ouvia chamá-lo, de tão concentrado que estava, contemplando a beleza e a tranquilidade da praia.

Foi nesses "passeios pelas nuvens" que Gil começou a sonhar em conhecer o mundo, outros mares, outras paisagens, outras pessoas. O que queria mesmo era viajar pelo mundo inteiro, mas ainda nem tinha conseguido sair do Brasil. Curioso e comunicativo, puxava conversa com todos os turistas que transportava no barco, conseguia se entender até com os estrangeiros, embora só soubesse falar português. Quando estava com vinte anos, um turista conseguiu para ele um emprego como barqueiro num hotel da Ilha Grande, no Rio de Janeiro.

— Mas, filho, como é que você vai viver num outro lugar, sem conhecer ninguém, aqui todo mundo sabe quem você é...

— Mãe, eu sei que vou morrer de saudade de tudo aqui e de vocês todos, mas quero tanto sair pelo mundo, sempre sonhei com isso!

— Já entendi, o menino que vivia nas nuvens não vai conseguir morar a vida toda num lugar só, né?

Lembrou-se da mãe com ternura. Sentia saudades da família, sim. Mas o desejo de aventura falava mais alto. Na imensidão da Ilha Grande, praias lindas, pequenas enseadas enfeitadas pela mata Atlântica cobrindo as montanhas, a água mais fria que o mar da Bahia, as praias do vilarejo central poluídas pelos esgotos não tratados, pelas manchas de óleo de grande parte dos barcos atracados ao redor do cais, pelo lixo jogado sem cuidado não só pelos turistas, mas pelos próprios moradores. Mas Gil gostava de sentir o cheiro do ar puro, garantido pela ausência de carros e de fábricas.

Com um ano de trabalho, já conhecia muita gente por lá e, de conversa em conversa, acabou conseguindo um emprego de barqueiro num hotel de selva na região de Manaus. Nem pensou duas vezes. Aceitou na hora.

Estava mergulhado em pensamentos e recordações quando ouviu as vozes dos turistas voltando do passeio pela mata. Em sua mente, as imagens do mar e da mata, do rio e da floresta se alternavam rapidamente. Sentia forte atração pelo mar e uma fascinação profunda pela floresta, com seus mistérios e sua riqueza. Difícil decidir onde gostaria de morar por mais tempo: perto do mar ou perto do rio? "Bem, mar ou rio, tanto faz. O que não consigo é viver longe da água", pensou.

Os seis turistas se acomodaram no barco: além de Flávia, um casal de canadenses com uma filha adolescente, um alemão e uma francesa, que sentou logo à frente de Gil. Em poucos meses de trabalho, já tinha conhecido gente de muitos outros países. Sempre pedia ao guia para perguntar, em inglês, se algum dos turistas lhe conseguiria um emprego no exterior. Gil gostava de se imaginar como barqueiro em rios e mares do Japão, da Inglaterra, dos Estados Unidos, de todos os cantos do planeta.

Madeleine, a turista francesa, sorriu quando ouviu o pedido de Gil. Comentou em português, com sotaque forte, mas que dava para entender:

— Eu estou tão maravilhada com a Amazônia que penso em voltar para morar aqui por algum tempo. E você, por que quer sair daqui? Não está feliz no meio dessa natureza tão impressionante?

— Pode até ser que esse seja um dos lugares mais lindos do mundo, mas meu sonho é conhecer outros países. Agora me diga: onde é que a senhora aprendeu a falar português? — perguntou Gil, curiosíssimo.

— Conheci um brasileiro em Paris, me apaixonei por ele e vivemos juntos dois anos na Bahia.

— Eu também sou baiano! Saí da minha terra por causa desse sonho de conhecer o mundo.

— É mesmo? Viajei muito pela Bahia, praias belíssimas. Ah, a Chapada Diamantina, um dos lugares mais bonitos do planeta! — suspirou. — Conheci alguns franceses que foram passear por lá e resolveram ficar. Abriram restaurantes e fazem comidas finíssimas!

— E o seu amor baiano, por que não veio passear na selva com a senhora? — Gil não conseguia segurar sua curiosidade.

— Ah, o romance acabou há muito tempo... Agora, estou sozinha — respondeu Madeleine. — Mas continuei gostando muito do Brasil, por isso vim conhecer a Amazônia e já estou com vontade de ficar por aqui.

— Quem sabe a senhora acaba conhecendo um amazonense... — brincou Gil.

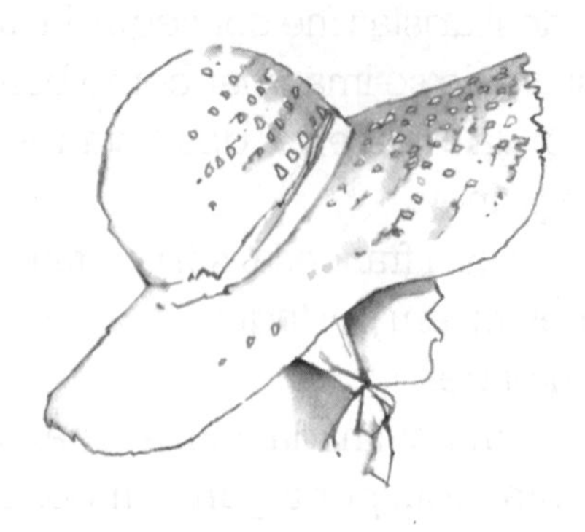

CAPÍTULO 3

O AMANHECER NO HOTEL DE SELVA

Mal começou a clarear e o céu estava completamente nublado; o ar, quente e úmido. Um grupo de quase vinte turistas se inscreveu para o passeio de barco que saía do hotel às seis da manhã para ver a revoada dos pássaros acordando o dia. Foram distribuídos em dois barcos, o de Gil e o de Francisco, um caboclo alto e forte. Madeleine e Flávia sentaram no mesmo banco, conversando sobre o rio e a floresta, na serenidade da manhã, em que o tempo passa mais devagar, tão diferente da agitação da cidade grande.

— Fiquei com raiva de mim mesma — disse Flávia. — Esqueci a máquina no quarto quando saí de barco para o passeio noturno. O guia pegou um filhotinho de jacaré no rio e nos mostrou detalhes incríveis do bichinho, e eu sem poder tirar fotos...

— Sorte a sua! Fiz esse passeio há dois dias e o guia não encontrou nenhum filhote de jacaré. Adoraria ter visto isso! Mas achei impressionante sair de barco naquela escuridão. A lanterna do guia iluminando os olhos dos jacarés, aqueles pontos vermelhos na água do rio, o silêncio, as estrelas no céu sem lua. É tão fascinante que chega a assustar — comentou Madeleine.

Os barcos entraram num igapó. Estava na época da cheia, boa parte da floresta estava alagada, várias árvores aparecendo pela metade, algumas mais baixas revelando apenas as folhas superiores das copas. Porém, um pouco adiante, uma árvore imensa, imponente, destacava-se na paisagem.

— Nem dez pessoas de mãos dadas conseguiriam abraçar aquele tronco!

— São árvores centenárias, algumas têm mais de quatrocentos anos — explicou Francisco.

— Chega a doer o coração quando a gente pensa nas motosserras derrubando árvores como essa! Tantos séculos para crescer e, em alguns minutos, estão no chão...

— O pior é pensar que isso vai continuar enquanto não houver punição para esses crimes ambientais.

— E esse hotel onde a gente está? Ocupa uma área enorme! Quantas árvores centenárias tiveram que ser derrubadas para construir tudo aquilo?

— Que algumas sejam derrubadas, é inevitável. O problema é o desmatamento desenfreado, até para fazer pasto para o gado. E as queimadas, a exportação clandestina de madeiras raras, o desejo de lucrar cada vez mais que acaba nessa destruição da floresta, do clima, de tudo...

Nos barcos parados diante da árvore gigantesca, os turistas continuaram conversando animadamente sobre os problemas do desmatamento, do tráfico de animais silvestres, da pesca predatória, da poluição dos rios e dos lagos da floresta.

— Gente, vocês só estão falando das coisas ruins! Mas também há muita coisa boa acontecendo na Amazônia, projetos realmente interessantes — acrescentou Francisco.

— O quê, por exemplo? — Flávia indagou, curiosa.

— Ih, tanta coisa! Até couro vegetal, feito nos seringais do Acre, uma descoberta incrível, depois que acabou o ciclo da borracha!

— Couro vegetal? Nunca ouvi falar nisso! — exclamou Flávia. — Como é feito?

— Não conheço os detalhes, mas na semana passada vi uma turista com uma mochila linda, feita com esse couro. Só sei que é feito com o látex e que isso está sendo uma boa fonte de renda para muita gente. A outra coisa boa que acontece na Amazônia é isso mesmo que trouxe vocês aqui. O ecoturismo está se expandindo muito e é uma maneira de conscientizar as pessoas sobre a necessidade de garantir a preservação ambiental, de respeitar a natureza e a sabedoria das populações tradicionais.

— Falou bonito, Francisco! — brincou um turista paulista. — Essa área dos passeios está muito bem cuidada, eu já estou até passando mal com tanto ar puro, meus pulmões estão sentindo a maior falta daquele ar poluído de São Paulo!

Os dois barcos continuaram deslizando suavemente pelo igapó até que chegaram a uma pequena enseada, onde pararam para contemplar um grupo enorme de papagaios; bandos de vários outros pássaros faziam um ruído enorme no meio das árvores. De binóculos, os turistas olhavam em todas as direções, maravilhados com a diversidade das espécies.

— Gente, o Brasil é a nação mais rica do mundo em biodiversidade: há mais de 56 000 espécies de plantas e 1 600 espécies de pássaros — explicou o guia.

— Nossa, não vamos conseguir ver nem a décima parte disso tudo! — comentou Flávia, enquanto anotava esses dados em seu caderninho.

— Nem eu que sou biólogo conheço todas essas espécies. E olha que eu já viajei pelo Pantanal, pelas áreas do cerrado, tantos lugares...

— O Brasil é muito grande, tem uma variedade incrível de paisagens!

Madeleine estava em silêncio, mal escutava a conversa. Respirava suavemente, seus olhos passeavam pela água, pelas árvores, pelo céu em que os pássaros se entrecruzavam. Sentia-se invadida por uma profunda sensação de paz, em comunhão com a natureza, sentindo a força e o poder desse lugar, a magia da selva. Desejou estar sozinha no barco, sem

as vozes das pessoas, para mergulhar nessa contemplação durante horas.

Os turistas retornaram ao hotel famintos, ansiando pelo café da manhã. Saltaram dos barcos, caminharam pelas passarelas de madeira que se elevam na altura da copa das árvores, passaram pela piscina e pelo terraço, onde circulavam vários macacos. Um deles estava no colo de um turista, deitado na rede; alguns outros comiam bananas, oferecidas para atraí-los. Madeleine parou para fotografar um filhotinho, tão agarrado ao corpo da mãe que nem se mexia quando esta andava de um lado para outro. Em seguida, entraram no salão de refeições. Madeleine, Flávia e mais seis turistas ocuparam uma mesa próxima ao bufê, que oferecia várias opções da comida regional: suco de cupuaçu e de graviola, banana assada, mandioca cozida, bolo de milho e outras delícias.

— O que eu gosto mesmo é de pão com manteiga. Em casa, evito comer pão para não engordar. De manhã, só como uma fruta e uma fatia de queijo branco. Mas, quando estou viajando, me permito esse luxo de comer pão com manteiga! — disse uma turista sentada à mesa ao lado.

— Mas você não é gorda... — retrucou outra.

— Não, porque eu me cuido. Depois dos quarenta, sabe como é, né? A gente engorda muito mais facilmente...

Madeleine ouvia essa conversa saboreando um suco de cupuaçu e comendo uma banana assada. Encantou-se com a variedade das frutas desde a época em que morou na Bahia com seu amor brasileiro. Comentou com Flávia:

— Já estou pensando no almoço. Será que vai ter de novo aquele creme de cupuaçu de sobremesa?

— Nossa, como você gosta de cupuaçu! Suco, creme, bombom, tudo isso! Por falar em bombom, já experimentou o de castanha-do-brasil? Comprei um ontem, na lojinha de produtos da Amazônia. É divino! Mas eu estou é me lembrando do tucunaré ao molho escabeche que eu comi no jantar. Ah, que peixe bom!

Enquanto esperavam os turistas para levá-los a um passeio de pesca de piranha, Gil e Francisco conversavam, sentados na beira do cais:

— O pessoal que saiu comigo ontem ficou frustrado, não deu para pescar nada, nem eu consegui!

— É, Gil, as coisas por aqui não estão muito fáceis. A construção desse hotel mexeu muito com o meio ambiente, é grande demais, o movimento de turistas é enorme. Acho que isso está espantando os peixes e os pássaros...

— Pois é, aconteceu coisa parecida onde eu morava, na Bahia. Quando eu ainda era menino, saía para pescar com meu pai, a canoa sempre voltava cheia de peixes. A gente pescava no mar e no rio que tinha lá por perto. Era peixe que não acabava mais, em todos os lugares. Mas era pouca gente, nem luz elétrica tinha. Aí apareceu um italiano que comprou quase a praia toda, por pouquíssimo dinheiro. Fez uma fazenda na beira do mar, construiu uma casa enorme, depois um hotel...

— E aí começou a aparecer gente...

— E luz elétrica e uma draga enorme, que destruiu quase todo o manguezal. O rio mudou de nome, passou a se chamar rio da Draga.

— Crime ambiental, e não aconteceu nada com ele, né?

— Foi multado, mas continuou a dragar o rio assim mesmo, para acabar de construir o cais. Depois, fez até pista de pouso. Eu sei que, com essas e outras, os peixes foram sumindo...

— O Bento, meu irmão mais velho, mora em Silves, quase quatrocentos quilômetros de Manaus. A região estava bem degradada, havia poucos peixes nos rios. Tomaram uma série de iniciativas, criaram uma associação de proteção ambiental, conseguiram financiamento, fizeram lagos de conservação, e um hotel que funciona como uma cooperativa é gerenciado pela comunidade. A situação mudou para melhor. Eu me inscrevi nessa cooperativa, estou esperando resposta, quero trabalhar lá. Aqui, os donos do hotel exploram a gente...

Os dois ficaram um tempo em silêncio. Francisco, animado com a perspectiva de conseguir trabalho nesse projeto de ecoturismo integrado com a comunidade local, para estimular o desenvolvimento sustentável da região. Gil, mergulhado em recordações da infância: o campo de futebol onde, nos finais de tarde, gente de cinco a cinquenta anos se reunia para jogar; a brincadeira de pique-pega; o jogo de dominó com os amigos e os irmãos, enquanto os adultos se distraíam jogando cartas ou sinuca; os pastéis quentíssimos da Cris, feitos na hora; a mercearia da Tia Tita, onde ele ia comprar balas sempre que arrumava uns trocados; a enorme amendoeira na praia, em cuja sombra ele gostava de ficar, olhando o mar, fugindo da mãe quando queria que ele ajudasse nas tarefas da casa. Lembrou até os nomes dos barcos dos amigos do pai, pescadores também: Linda Sereia, Dragão do Mar, Deus é Pai, Delicado, Acredite Se Quiser.

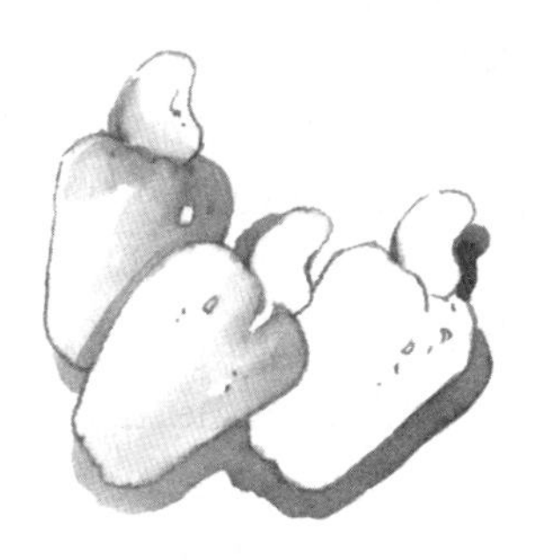

CAPÍTULO 4

NASCE UMA AMIZADE

— Ai, para variar, comi além da conta! — suspirou Flávia.

— Ora, quando você voltar para casa, comece uma dieta. Aqui não dá para resistir a tantas coisas boas — retrucou Madeleine.

As duas saíram do salão do café da manhã, passaram pela recepção e pela área da piscina, onde um bando de macacos circulava.

— Só não me conformo com aquelas árvores cheias de folhas de plástico em plena recepção do hotel, que horror! — comentou Flávia.

— O pior é ver as tais folhas de plástico cobrindo aquela pirâmide enorme, no meio da mata! Tremendo mau gosto, será que alguém sente vontade de meditar dentro daquilo? — acrescentou Madeleine.

Foram as primeiras a chegar ao cais, onde os dois barqueiros aguardavam os turistas.

— Vocês vão ficar aqui até quando? — perguntou Francisco.

— Até amanhã — respondeu Madeleine.

— Eu também vou para Manaus amanhã — disse Flávia. — Fico lá dois dias e depois volto para o Rio de Janeiro. Aí vou ter que trabalhar o dia todo para escrever sobre todos esses passeios.

— Você é jornalista? — indagou Gil.

— Sou. Essa é a minha primeira viagem a trabalho. Fui transferida do Caderno Cidade para o de Turismo, ainda bem.

— Você não gostava do outro?

— Não. Vivia frustrada com meu chefe, que só se interessava pelas notícias de assaltos, sequestros e ocorrências policiais em geral. "A violência é que vende", dizia ele. Nunca aceitou minhas sugestões de fazer matérias sobre projetos sociais bem-sucedidos.

— Pouca gente se interessa pelo que acontece de bom. O povo gosta de desgraça — comentou Francisco.

— É mais ou menos isso que o meu chefe costumava dizer. Agora, estou mais animada, vou ficar viajando para fazer matérias para o Caderno de Turismo. Pelo menos, dá para escrever sobre lugares bonitos.

— E lá em Manaus, você pretende visitar o INPA?

— Eu nem sei o que é isso!

— Instituto Nacional de Pesquisas da Amazônia. Minha irmã caçula trabalha como pequena guia no Bosque da Ciência. É um lugar muito interessante, vale a pena conhecer.

— Ah, então eu vou lá! Quer ir também, Madeleine?

— Claro!

— Aí você pode escrever sobre o Projeto Pequenos Guias para o seu jornal.

— Hum, duvido. Já deu para sentir que meu novo chefe também não é muito chegado a essas notícias sobre projetos que estão dando certo... Ele não quer nem que eu me estenda muito sobre Manaus, só quer detalhes do pacote de fim de semana deste hotel de selva.

— Se você for mesmo ao Bosque da Ciência, procure a Maíra, que é a minha irmã. Ela está lá pela manhã, à tarde vai para a escola — disse Francisco.

— Que idade ela tem?

— Doze anos. É a única menina, a queridinha da família. O mais velho é o Bento, que mora em Silves, depois eu, o Valdir e a Maíra, que é uma gracinha. Tem os olhos grandes, vivos. Pode me fazer um favor, Flávia?

— Posso, Francisco. O que você quer?

— Dá para levar uma carta e entregar para a Maíra? De

vez em quando, eu telefono para eles, mas prefiro escrever cartas.

— Sem problema, assim que eu chegar ao Bosque da Ciência, vou procurá-la.

Como no dia anterior, os caniços ficaram um bom tempo na água; volta e meia as iscas sumiam, eram substituídas por outras, mas nenhuma piranha foi pescada. E nem vista.

No dia seguinte, quase três horas de barco até Manaus. Madeleine e Flávia passaram todo o tempo da viagem conversando, inclusive sobre as impressões do fim de semana no hotel de selva.

— Veja só, Madeleine, a gente está passando por mais um trecho do rio que não dá para ver a outra margem. Parece que estamos no mar, de tão largo que é!

— Impressionante!

Os poucos dias de convívio no hotel de selva fizeram as duas descobrirem muitas afinidades, principalmente o gosto pelas viagens por lugares em que se pode apreciar a natureza.

— Esse calor e essa umidade da selva estão me fazendo sentir saudades da Patagônia — disse Flávia. — Nas férias do ano passado, fui até o extremo sul do Chile, passei uma semana num Parque Nacional lindíssimo, com montanhas nevadas em pleno verão, lagos com enormes blocos de gelo com reflexos azulados, geleiras a perder de vista. Friozinho bom...

— E eu adoro esquiar — disse Madeleine. — Vou ficar pensando nas estações de esqui da França, com aquela neve toda, para ver se eu sinto menos calor nesse barco!

— Madeleine, a gente conversou sobre tantas coisas nesses dias, sei que você viaja pelo mundo todo, mas não sei ainda em que você trabalha.

— Eu tenho uma loja de roupas e acessórios em Paris, em sociedade com a minha irmã. Vivo viajando para comprar coisas diferentes e também para buscar inspiração para os modelos: eu sou a estilista.

— Puxa, que interessante! E quando você morou na Bahia, foi sua irmã que tomou conta da loja sozinha?

— Basicamente, sim. Ela é casada, tem dois filhos pequenos, raramente sai de Paris. Mas eu ia para lá de vez em quando e levava muitas coisas do Brasil. Foi a época da moda afro, vendemos muito!

— E que tal vender as tais bolsas de couro vegetal que o Francisco falou? Com certeza fariam o maior sucesso na França!

— Pensei nisso. Vou procurar me informar melhor. Seria uma novidade e tanto!

— Sem dúvida!

Flávia ficou alguns minutos em silêncio apreciando o rio. Em seguida, olhou para Madeleine:

— Posso te fazer uma pergunta meio indiscreta?

— Faça, se eu puder responder... — sorriu Madeleine.

— Você já está com 42 anos e não tem filhos. Por quê?

— Ah, é isso que você quer saber? Bom, acho que o mundo já está superpovoado e tem muita gente com um monte de filhos. É até bom que algumas pessoas não queiram ter filhos, para equilibrar... Mas também não é só por isso. É que não consigo sossegar por muito tempo num lugar, gosto de andar pelo mundo, conhecendo outros países, cidades, pessoas. Meu trabalho permite isso, mas, se eu tivesse filhos para cuidar, certamente não teria essa mobilidade toda. E você, ainda não teve por falta de oportunidade ou por estar escolhendo não ser mãe?

— Bem, acho que desisti de casar e de ter filhos depois da desilusão que eu tive... — respondeu Flávia, com uma certa tristeza no olhar.

— Para mim, isso não seria motivo suficiente para tomar uma decisão dessas. Não deu certo com um, pode dar certo com outro — retrucou Madeleine. — O que aconteceu que você se desiludiu tanto?

— Perdi a confiança no Luís André, ele mentia demais. Prometia mil coisas que não cumpria, eu desconfiava que ele saía com outras mulheres, mas ele negava e eu, bobinha, acabava acreditando. Mas me sentia muito insegura com ele, apesar de amá-lo muito. Até que um dia, já com a data do casamento marcada, ele resolveu terminar dizendo que não se sentia preparado para assumir um compromisso tão sério.

— Mas ele terminou mesmo, ou só pediu para esperar mais um tempo?

— Que nada, terminou mesmo! E o pior é que, seis meses depois, ele se casou com outra. Aí é que eu descobri que ele já estava namorando há um tempão. Estava comigo e com ela, no mínimo... depois dessa, eu não consigo mais acreditar nos homens...

— Hum, se por causa de uma traição a gente se fechar para tudo e todos, acaba perdendo muitas oportunidades na vida, é o que eu acho.

— Você já passou por uma grande desilusão, Madeleine?

— Uma só, não, algumas! Mas eu acabo sempre renovando a esperança. Há muito tempo, li num livro uma frase que jamais esqueci: "O amor é eterno, mas os amados às vezes mudam!".

— Ah, essa é ótima, gostei!

CAPÍTULO 5

MAÍRA, A PEQUENA GUIA

— Mãe, é o Francisco no telefone, quer falar com a senhora! — gritou, esbaforido, Valdir.

— Calma, menino! Já estou indo!

Socorro diminuiu o fogo em que cozinhava o feijão e o arroz e desligou o da panela com o peixe ensopado, que acabara de preparar. Lenço branco amarrado na cabeça, pés descalços, vestido de estamparia miúda, avental de plástico, Socorro foi atender ao telefone:

— Deus te abençoe e te faça feliz, meu filho! Quais são as novidades?

— Estou ligando para saber de vocês e para dizer que eu mandei uma carta por uma hóspede que saiu daqui do hotel ontem. O nome dela é Flávia. Ela ficou de ir ao Bosque da Ciência hoje de manhã e procurar a Maíra.

— Ah, que bom! A Maíra, com certeza, vai responder logo, logo essa carta e vai mandar uns desenhos bonitos que ela tem feito.

— Então tá bom, mãe! Dá um abraço forte no pai e nos irmãos.

— Fica com Deus, meu filho!

Mal retornou à cozinha para dar uma espiada no feijão e no arroz, já quase prontos, a porta abriu de repente e apareceu Maíra, olhos arregalados, respiração ofegante, os cabelos ondulados despenteados.

— Que cara é essa, menina? Parece que viu assombração ao meio-dia!

— É que eu vim correndo na frente para avisar a senhora que eu vim lá do Bosque com duas visitas que trouxeram uma carta do Francisco pra gente! — respondeu Maíra, com a respiração entrecortada.

— Ai, Jesus, e eu toda desarrumada, cheirando a peixe! — Socorro andou rápido até a pia da cozinha, lavou as mãos com detergente, enxugou-as no pano de prato e tirou o avental.

— Não precisa ficar nervosa, mãe! Elas estão andando devagar pela rua!

— Ah, meu Deus, e eu nem tenho um guaraná na geladeira para oferecer às moças...

— Elas não vão demorar, não, mãe. Já almoçaram comigo lá no restaurante do Bosque, ficamos conversando, elas são muito legais! E quiseram conhecer a senhora e a nossa casa!

Flávia e Madeleine já estavam chegando, Maíra foi logo dizendo:

— Essa é a minha mãe!

— Prazer, meu nome é Socorro. Podem sentar.

— O prazer é nosso — respondeu Flávia. — Maíra falou tanto da família e fez um convite tão simpático para virmos até aqui que não conseguimos resistir!

— E o Francisco acabou de ligar contando que tinha mandado a carta — disse Socorro.

— Mãe, olha aqui a carta do Francisco! — Maíra a entregou à mãe, na maior alegria. — Agora eu vou trocar de roupa, botar o uniforme da escola e sair voando, que eu tenho prova de Matemática!

— Boa sorte, Maíra! Nós também já vamos daqui a pouquinho — disse Madeleine.

— A senhora está de parabéns, D. Socorro. Tem uma filha muito inteligente e bem-educada — comentou Flávia.

— Ah, obrigada — sorriu modestamente Socorro, passando as mãos pelo vestido e olhando para o chão.

— Ela nos mostrou coisas muito interessantes: o tanque com o peixe-boi, o pirarucu, o lago das tartarugas, uma árvore com mais de quatrocentos anos e uma folha gigante, maior do que um homem bem alto — completou Madeleine.

— Assim que ela começou a trabalhar como pequena guia, nós fomos lá conhecer e ela nos mostrou tudinho. Aprendeu muitas coisas no curso de preparação.

Como pequena guia, Maíra chega ao Bosque da Ciência às oito da manhã, come a merenda e almoça às onze horas. Morando numa comunidade próxima ao Bosque, percorre o caminho em dez minutos, a pé.

De repente, ela surgiu na sala já com o uniforme da escola, os cabelos penteados, os dentes escovados.

— Tchau, gente, agora tenho que ir para a escola. Bem que eu queria ficar aqui, conversando com vocês, mas tenho que ir voando, a prova me espera!

— Boa prova, Maíra! — desejou-lhe Flávia.

— Ah, antes de ir, quero pedir uma coisa a vocês duas. Eu adoro escrever cartas e receber cartões-postais. Vocês podem deixar o endereço de vocês com a mamãe e pegar o nosso, tá bem?

— Claro, Maíra, eu vou mandar postais da França para você — prometeu Madeleine.

— E eu vou mandar de vários lugares do Brasil, sempre que viajar a trabalho. E você, além das cartas, mande uns desenhos também, combinado?

— Combinado! Agora, tchau mesmo!

Maíra saiu em disparada.

— É uma menina alegre e comunicativa, bem que o Francisco falou que ela é uma gracinha. É estudiosa? — quis saber Flávia.

— Muito. É uma menina que não me dá trabalho, graças a Deus. Por isso, foi aceita como pequena guia. O pessoal do INPA vai à escola saber se a criança é estudiosa e vai à casa da família saber se é obediente.

— Quer dizer que se não for bom aluno e bom filho não é selecionado? — perguntou Madeleine.

— Exatamente! E o que ela estudou no curso ensinou pra gente. Cada palavra esquisita que ela aprendeu...

— Por exemplo?

— Deixa eu ver se me lembro de uma. Ah, "florestania"!

— Nossa, nem eu sei o que significa isso! — exclamou Flávia.

— É a cidadania da floresta! — respondeu Socorro, orgulhosa dos conhecimentos que tinha aprendido com Maíra.

— Esse curso demora quanto tempo? — quis saber Madeleine.

— Sete meses. As crianças aprendem sobre as coisas que existem lá no Bosque da Ciência e também sobre educação ambiental. Precisava ver a Maíra falando para os irmãos não jogarem lixo no chão, preocupada com os plásticos e com as latas de cerveja que o pessoal joga nos rios. Ela chegou a trazer um cartaz para casa mostrando quanto tempo essas coisas ficam na natureza. Pendurou ali naquele canto da sala, querem ver?

Madeleine e Flávia foram ver o cartaz sobre a importância de tratar adequadamente o lixo, para evitar a poluição ambiental.

Flávia leu atentamente o cartaz que Maíra se preocupou em pendurar na parede da sala, depois de mostrá-lo aos colegas da escola e também aos vizinhos. "Que grande ideia! Nesse projeto, eles educam as crianças para que elas cresçam mais cuidadosas com o meio ambiente, sejam mais atuantes na comunidade e influenciem até mesmo os familiares", pensou Flávia. "Pena que os jornais e os canais de televisão raramente abordem esses assuntos", concluiu, decepcionada.

CAPÍTULO 6

EM MANAUS

Saindo da casa de Socorro, Madeleine e Flávia pegaram um táxi e foram conhecer o Museu de História Natural. Ficaram encantadas com a grande sala com os peixes da Amazônia, embalsamados nas vitrinas bem iluminadas. Peixes enormes, estranhíssimos, alguns pareciam monstros pré-históricos. Ficaram assustadas quando souberam que a pirarara e a piraíba são peixes perigosos que atacam pessoas. Ficaram maravilhadas com a sala das borboletas, com desenhos perfeitos nas asas, de cores belíssimas, de todos os tamanhos. Os insetos também, alguns esquisitíssimos, uma variedade impressionante.

— E hoje à noite, Flávia, o que você vai fazer?

— Lá no hotel, fiquei sabendo que vai ter o ensaio do Boi Caprichoso, no Sambódromo.

— O que é isso?

— É o festival folclórico do boi-bumbá, a grande festa da Amazônia! Acontece todos os anos no final de junho, em Parintins. Vão milhares de pessoas, que lotam os poucos hotéis da cidade, se hospedam nas casas dos moradores ou ficam dormindo nas centenas de barcos que ficam em volta da ilha. Dizem que é uma festa impressionante, o tal do "Bumbódromo" tem capacidade para 35 000 pessoas! Eles encenam rituais e lendas indígenas, ao som de toadas criadas a cada ano. É um luxo de roupas, cenários, músicas, danças, numa disputa animadíssima entre o Boi Caprichoso, de cor azul, e o Boi Garantido, de cor vermelha.

— O que acontece nesses ensaios?

— Dois meses antes da festa, as torcidas começam a

ensaiar as músicas e as coreografias especiais para cada um dos bois. O Sambódromo fica cheio de gente cantando e dançando. Vamos até lá?

— Vamos, sim! — animou-se Madeleine.

O ensaio no Sambódromo de Manaus começaria tarde, depois das dez. Flávia tomou uma decisão: a refeição da noite seria numa enorme sorveteria, a uma quadra do hotel. Pegando a maior vasilha que encontrou, Flávia "jantou" oito bolas de sorvete: graviola, guaraná, tapioca, milho verde, banana caramelada, cupuaçu, açaí e castanha. Quase meio quilo! "Isso é bom demais!", pensou ao sair de lá, com o estômago doendo de tanto tomar sorvete.

Madeleine e Flávia não se encontrariam mais no dia seguinte. Flávia pegaria um voo para o Rio de Janeiro e Madeleine continuaria a viajar pela Amazônia. Voaria cerca de uma hora até Tefé, de lá pegaria um carro e depois um barco até um hotel flutuante, para conhecer o Projeto Mamirauá, a maior unidade de conservação do Brasil, cujo objetivo é proteger o ecossistema de várzea amazônico. Madeleine, assim como Flávia, tem um interesse especial pelo ecoturismo e tomou conhecimento desse projeto na França, quando começou a planejar sua viagem pela Amazônia. Em seguida, iria para Rondônia, conhecer uma experiência de ecoturismo comunitário em Guaporé, uma nova fonte de renda para os ribeirinhos depois que diminuiu o extrativismo da borracha e da castanha.

Combinaram que se corresponderiam por e-mail, contando as novidades das viagens e da vida de cada uma.

Mesmo durante a prova de Matemática, Maíra ficou pensando na hora de chegar em casa para ler a carta de Francisco. Bem que teve vontade de abri-la assim que Flávia lhe entregou, mas não se atreveu a fazê-lo, porque era o pai que sempre abria as cartas que Francisco enviava para a família.

Resolveu que iria mandar para o irmão o desenho do peixe-boi, bem caprichado, que havia feito para ilustrar uma pesquisa da escola, e mais outro que escolheria, da sua pasta de desenhos. "O das araras, talvez", pensou.

Ao chegar em casa, encontrou a mãe sorridente:

— Oi, filha, quando você ler a carta do Francisco vai ficar feliz da vida com a novidade!

A novidade que Francisco não quis contar para a mãe por telefone é que ele estava contentíssimo porque tinha sido aceito pela cooperativa do hotel de Silves e começaria a trabalhar lá dentro de um mês. Mas, antes de ir, passaria duas semanas com a família em Manaus. Maíra ficou radiante, os olhos grandes e vivos brilhando. Abraçou a mãe com força:

— Oba, que legal, estou morrendo de saudades do Francisco! Faz um tempão que ele não vem ver a gente...

— É mesmo, já faz mais de um mês que ele não aparece — retrucou Socorro.

Subitamente, o sorriso de Maíra murchou, os olhos perderam o brilho:

— Mãe, o Francisco vai trabalhar mais longe ainda e aí vai ser que nem o Bento, que demora tanto a aparecer aqui em casa...

— É, Maíra, é...

Socorro também sentia a falta dos filhos. E, agora, com Francisco e Bento morando em Silves, ficaria ainda mais difícil vê-los.

— E o que o Francisco vai fazer lá nesse hotel? Vai trabalhar como barqueiro também?

— Não, ele explicou na carta que esse hotel funciona de outro jeito. Quem começa a trabalhar lá faz um pouco de tudo: ajuda na cozinha, limpa os quartos, cuida do gramado, dirige carro, guia os turistas nos passeios.

— Tudo isso? E o Bento, o que ele faz agora?

— Como o Bento trabalha lá há mais tempo, ele fica na administração e ajuda a cuidar das contas do hotel.

— Ah, mãe, sabe aquele meu amigo, o Edivaldo?

— Sei, o que aconteceu com ele?

— De tanto que eu enchi a paciência dele, acabou gostando da ideia de se candidatar a pequeno guia.

— Você não é fácil, Maíra! Quando coloca uma ideia na cabeça, não desiste! Ah, e como anda a garota que você não gosta?

— Ih, eu odeio aquela menina cada vez mais, mãe! Ela sempre quer ser a primeira a pegar os turistas. No dia em que fica por último não se conforma, tenta tapear a gente, pegar a nossa vez. A coordenadora já deu uma bronca nela por causa disso, mas não tem jeito... mas agora chega de conversa, quero ler a carta do Francisco!

CAPÍTULO 7

CARTAS E E-MAILS

Já de volta ao Rio de Janeiro, Flávia trabalhou duro para escrever a matéria sobre o "pacote" de final de semana no hotel de selva onde tinha estado. Ressaltou a beleza dos passeios pela floresta alagada, esclareceu aos leitores sobre as épocas da cheia e da seca; descreveu o encanto do passeio noturno para fazer a focagem dos jacarés; a imponência da floresta com suas enormes árvores centenárias e a aventura da pesca de piranhas, tendo o cuidado de não mencionar sua frustração de não ter pescado piranha alguma, para não decepcionar os leitores.

Ao escrever sobre Manaus, elogiou a belíssima arquitetura do Teatro Amazonas e sua orquestra filarmônica, que conta com a presença de músicos do Leste Europeu. Mas nem disse que não teve a oportunidade de ouvi-la, pois não houve apresentação no dia em que esteve em Manaus. Descreveu as curiosidades do Museu de História Natural e muitos detalhes sobre o Bosque da Ciência e o Projeto Pequenos Guias. Não se surpreendeu quando seu chefe cortou os dois parágrafos que mencionavam os benefícios desse projeto para o desenvolvimento pessoal das crianças e o orgulho das famílias cujos filhos são pequenos guias, tão valorizados pela comunidade.

— Isso não interessa aos turistas — disse ele, secamente.

Dias depois, entre as dezenas de e-mails que recebe a cada semana, Flávia encontrou uma mensagem de Madeleine:

Cara amiga,

Já estou em Rondônia e consegui uma oportunidade de enviar uma mensagem para você. Lá no Amazonas, fiquei encantada com o Projeto Mamirauá e com a beleza do

lugar. O pôr do sol na várzea é de uma beleza indescritível, é possível ver todas as cores que você possa imaginar. Uma variedade enorme de orquídeas e bromélias. Eles se esforçam para proteger o ambiente sem impedir que as pessoas utilizem os recursos naturais para sua sobrevivência. Aqui em Rondônia a intenção é a mesma: o ecoturismo visando a preservação do meio ambiente e a valorização das populações locais. Bem diferente desses empreendimentos que dizem ser ecoturismo, mas que acabam poluindo e devastando a natureza.

E você, como está aí, de volta à sua amada cidade? Daqui a cinco dias estarei em Paris. Aguardo notícias suas.

Grande abraço,
Madeleine

Flávia respondeu no mesmo dia. "Assim que ela chegar em casa e ligar o computador, encontrará minha mensagem", pensou.

Querida Madeleine,

Pelo pouco que você me falou da sua "aventura amazônica" já está me dando vontade de programar minhas férias, no final do ano, para conhecer de perto todos esses projetos de desenvolvimento sustentável tendo o ecoturismo como base. Vai ser bom, porque já pegarei a época da seca, paisagens diferentes dessa época da cheia. De repente, escrevo um livro sobre esses projetos. Sei lá se vai despertar o interesse de algum editor, já que meu chefe corta impiedosamente esses assuntos das minhas matérias. Vou amadurecer a ideia...

Mandei uns postais do Rio de Janeiro para a Maíra, junto com uma caixa de lápis de cor e um bloco de desenho. Lembrei que ela nos disse que adora desenhar.

Assim que puder, conte-me as novidades de Rondônia.

Um beijo da
Flávia

Dias depois, quando Maíra chegou da escola, encontrou em sua cama um pacote dos Correios. Valdir estava esparramado no beliche, lendo uma revista em quadrinhos e, de vez em quando, olhava para a cama de baixo, curioso para ver o conteúdo do pacote.

— Abre logo, Maíra, vamos ver o que tem aí dentro! — disse ele, assim que a irmã entrou no quarto.

Maíra deu pulinhos de alegria quando encontrou o bloco de desenho e os lápis de cor. Logo mostrou a Valdir os postais do Rio de Janeiro, com o Corcovado, o Pão de Açúcar, a praia de Copacabana e a de Ipanema.

— Olha que lindo tudo isso que a Flávia mandou! Ai, meu sonho é conhecer o mar! Como é que deve ser o gosto da água salgada, hein, Valdir?

— Não faço a menor ideia! Experimenta botar sal num copo d'água e beber, deve ser a mesma coisa... — respondeu, irônico.

Maíra foi para a sala, onde encontrou a mãe sentada no sofá fazendo mais um quadradinho de crochê para uma almofada, escutando a radionovela:

" — Você nem imagina a emoção que eu senti quando a médica colocou o bebê no meu peito logo depois que nasceu!

— É mesmo?

— É, você vai ver quando o seu neném nascer!"

— Que programa é esse, mãe?

— É uma radionovela que ensina as mulheres o que acontece na gravidez e depois que o neném nasce. É muito interessante. Se eu soubesse de tudo isso quando estava esperando vocês...

— É naquela mesma rádio do programa "Natureza Viva"?

— É aquela mesma. A gente aprende tanta coisa sobre o meio ambiente, não é?

— É, mas olha só o que veio do correio: postais do Rio de Janeiro, um bloco de desenho e lápis de cor, foi a Flávia que mandou tudo! Eu não disse que ela é muito legal?

— Puxa, como o Rio de Janeiro é bonito, sempre tive vontade de ir lá... — disse Socorro, admirando os postais.

— E por que nunca foi, mãe?

— Nunca tive a oportunidade, nem dinheiro para isso. É muito longe, a passagem de avião custa caro demais, e a gente não conhece ninguém por lá, não teria onde ficar.

— Ai, meu sonho é conhecer o mar! E andar de avião também!

— Quantos sonhos, Maíra!

— Ah, sonhar é bom, né, mãe? Quando eu crescer, vou ser guia de turismo ecológico, vou ensinar muita gente a apreciar a natureza sem destruir nem poluir e aí vou poder levar as pessoas para conhecer um monte de lugares bonitos!

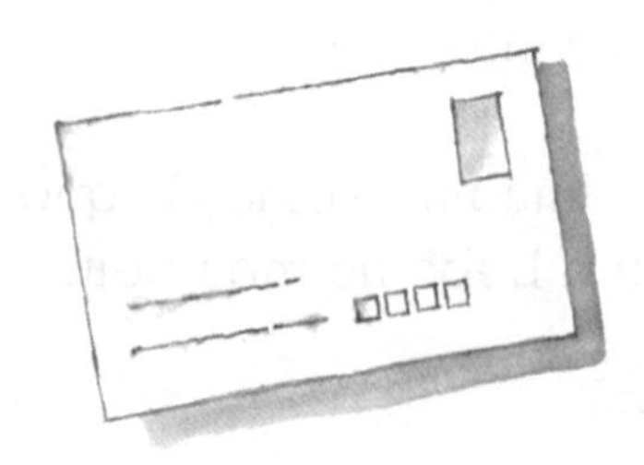

CAPÍTULO 8

VIAGENS, VIAGENS E MAIS VIAGENS

Cara amiga,

Foi bom demais chegar em casa e encontrar o seu e-mail. Mal cheguei e já estou com saudades da Amazônia! Dou a maior força para você passar as férias de fim de ano conhecendo esses projetos e "amadurecer a ideia" de escrever um livro sobre tudo isso. Aliás, tenho um amigo que trabalha numa editora aqui em Paris. Os europeus estão muitíssimo interessados por essas questões. Já pensou se este livro sai em francês?

Aí vão as novidades de Rondônia: conversei com o João e com a Ieda, um casal que ajudou uma comunidade de seringueiros a organizar um projeto de ecoturismo. Com recursos de entidades estrangeiras, as pessoas da comunidade construíram um hotel de selva em Guaporé, para que elas mesmas pudessem gerenciar. Fizeram também uma pista de pouso e abriram trilhas para os passeios. A Ieda trabalha com as mulheres, ensinando-as a aproveitar melhor os alimentos. As pessoas são muito amáveis, contam as lendas da região, as histórias do curupira, da cobra grande, do boto, todas muito interessantes. As famílias são bem grandes: em média, dez filhos; a primeira gravidez em torno dos treze anos, veja só!

Pude observar que o machismo ainda é muito forte. O João me contou que, quando os técnicos do projeto conversam com o casal, só o homem fala, a mulher se cala. O homem é o chefe, a mulher tem que obedecer. Mas isso não significa que eles sejam brutos: em geral, são carinhosos, tratam bem as mulheres e participam bastante do dia a dia com os filhos. As crianças respeitam os mais velhos e chamam os pais de "senhor" e "senhora". Os meninos acompanham o pai na pesca; as meninas ficam em casa, fazendo panelas de barro. A situação está mudando: antes, os jovens saíam da comunidade em busca de alternativas melhores de trabalho; agora, com os projetos de ecoturismo, estão ficando.

As festas são animadíssimas, chegam pessoas de várias comunidades, todo mundo dança, até as crianças. Eu também dancei muito!

Mas ainda há muitos problemas na área da educação ambiental. Os próprios habitantes e muitos turistas jogam lixo em qualquer lugar. Em Porto Velho, fui fazer um passeio pelo rio, até chegar a um lugar cheio de pedras onde muita gente fica pescando. Que tristeza! O pessoal deixa garrafas e latas de cerveja pelas pedras, restos de comida, até os barraqueiros largam o lixo espalhado no local.

Achei interessante também o trabalho do "barco de justiça rápida", que vai até as comunidades mais distantes para providenciar documentos e resolver outras questões. Nunca pensei que pudesse haver tantas pessoas sem certidão de nascimento!

Mandei para a Maíra alguns cadernos e lápis para ela usar na escola, além dos postais prometidos. Ela já escreveu para você?

Aguardo notícias suas. Para onde será sua próxima viagem de trabalho?

Grande abraço
Madeleine

Querida Madeleine,

Demorei a responder porque surgiu uma viagem de última hora. Fui substituir um colega que ficou doente. Passei quatro dias em Mato Grosso do Sul, num lugar chamado Bonito. Vou te contar: Bonito é lindo! Chamar um lugar daqueles de Bonito é pouco!

Há hotéis e pousadas muito confortáveis e o ecoturismo é bem organizado. Ninguém pode entrar desacompanhado nos locais de visitação; os guias sempre saem com grupos pequenos, orientando e vigiando para ninguém poluir o ambiente. O que eu mais gostei foi da flutuação no rio: a gente coloca uma roupa de neoprene, máscara de mergulho, respirador e pé de pato, mas não pode ficar batendo com os pés na água para não espantar os peixes. A gente fica mais de uma hora seguindo a correnteza do rio, com a cara dentro d'água, vendo milhares de peixes, a vegetação subaquática e até mesmo as nascentes, coisa mais linda!

Agora, abra os arquivos anexos: mandei duas fotos da peixarada que eu tirei com a máquina subaquática!

E as cachoeiras? Cada uma mais gostosa que a outra! Entrei em todas, hidromassagem caprichada! Ficam dentro de fazendas, a gente visita, depois almoça em mesas enormes, de madeira maciça, uma comida fantástica!

Lá em Bonito, conheci um paulista muito simpático, ficou de me telefonar, mas, até agora, nada. Ah, deixa pra lá... melhor nem pensar nessas coisas.

A Maíra já me mandou uma carta e o desenho de duas garças na beira do rio, feito com os lápis de cor que eu dei de presente. Está muito feliz porque o Francisco tirou uns dias de folga e está lá em Manaus, mas, ao mesmo tempo, está triste porque ele vai trabalhar num outro hotel, onde está o irmão mais velho, que fica mais distante.

Gostei das notícias de Rondônia. E você, trabalhando muito na loja? Conseguiu o contato com o pessoal que fabrica as bolsas de couro vegetal? Minha próxima viagem será para a sua amada Bahia. Meu chefe quer que eu faça uma matéria sobre a Chapada Diamantina. Vou ficar quase uma semana por lá. Eu me lembro de ter ouvido você comentar com o Gil que achou a Chapada um dos lugares mais bonitos do planeta. Conte-me um pouco do que você viu por lá.

Um beijo da
Flávia

Madeleine respondeu imediatamente ao e-mail de Flávia, quando soube que ela iria para a Chapada Diamantina. Descreveu, em detalhes, as belezas do lugar: a cidade de Lençóis, com arquitetura colonial, que viveu seus dias de glória na época em que havia grande extração de diamantes; as cachoeiras, com pedras rosadas; a gruta da Lapa Doce, onde se caminham quilômetros vendo as esculturas naturais; a gruta da Pratinha, com água azul-clara, totalmente transparente, cheia de peixes; o Poço Encantado, com um espelho-d'água de cinquenta metros de diâmetro, colorindo as paredes de azul-rei; a cachoeira da Fumaça, com quase quatrocentos metros de queda, que se vê depois de caminhar algumas horas por uma trilha belíssima, passando por campos floridos na montanha; o pôr do sol no morro do Pai Inácio, 360 graus de vista panorâmica.

"Flávia, a Chapada é beleza pura. Estou morrendo de inveja de você, queria tanto voltar lá... E, agora, estou também sentindo saudades do meu amor baiano. Quando a gente foi para lá, estávamos no auge da paixão. Enfim... foi bom enquanto durou", concluiu Madeleine.

CAPÍTULO 9

NAS ONDAS DO RÁDIO

Alguns meses se passaram: Madeleine, Flávia e Maíra continuaram se correspondendo. A amizade entre as três, com idades diferentes e sonhos parecidos, continuava se consolidando. No decorrer da pesquisa que andava fazendo, por conta própria, sobre ecoturismo comunitário e programas de desenvolvimento sustentável na Amazônia, Flávia descobriu a existência da Rede de Mulheres no Rádio e entrou em contato com ela. Lá, mais de trezentas mulheres trabalham em rádios comunitárias que chegam às regiões mais remotas do Brasil, inclusive na Amazônia.

Conversou longamente com Iara, uma radialista da Rede, que lhe falou das radionovelas, por meio das quais se passam conceitos de educação ambiental, higiene e saúde em linguagem bem acessível, chegando a comunidades que vivem precariamente, sem sequer dispor de luz elétrica, ainda com alto contingente de analfabetos.

— Daí, Flávia, é que o rádio, nessa imensa região amazônica, é o principal meio de comunicação para transmitir informações importantes para os moradores de centenas de comunidades. Há programas, inclusive, dedicados às crianças, para que desde cedo comecem a criar atitudes para preservar o meio ambiente. E a aceitação desses programas é tão grande que a gente recebe um monte de cartas. Mas veja só: há pessoas que precisam viajar até três dias de barco para conseguir chegar a uma cidadezinha que disponha de uma agência de correios — disse Iara, emocionada.

— Nossa, isso é realmente impressionante! Não é como nós, que moramos em cidades grandes, e é só virar a esquina para colocar uma carta nos correios. E, mesmo assim, às vezes dá uma preguiça danada... — comentou Flávia.

Iara também disse que, em cidades um pouco maiores, em toda a Amazônia, há muitas pessoas que procuram as estações de rádio, que, durante o dia inteiro, entre uma música e outra transmitem mensagens, recados, notícias.

— Isso é muito interessante, Flávia. Só para te dar alguns exemplos do que eu já ouvi: "Rodrigo, aqui é a Das Dores. Quero dizer que eu aceito seu pedido de casamento que você me mandou por carta"; "Maria, aqui é o Jorge; desculpe, estou longe há muito tempo, acabei arranjando outra mulher, não vou mais voltar para você"; "Raimunda, sua tia Josefina manda dizer que já foi operada e está passando bem". Ouve-se esse tipo de coisa, não é engraçado? De manhã à noite o rádio é um canal de mensagens.

Quando Flávia contou a Iara sobre seus planos de escrever um livro sobre projetos bem-sucedidos, ela logo lhe sugeriu:

— Você tem que ir a Silves passar uns dias no hotel Aldeia dos Lagos, um belo projeto de ecoturismo de base comunitária. Você vai adorar. As pessoas são muito receptivas. A qualidade de vida da comunidade melhorou muito depois que eles começaram esse trabalho — disse Iara, entusiasmada, lembrando-se da semana que havia passado lá, do carinho e da alegria das pessoas que havia conhecido.

"Nunca tinha parado para pensar mais a fundo como é que é viver sem luz elétrica, sem televisão, telefone, geladeira, ventilador: coisas básicas do conforto. Não estou nem pensando na vida de luxo, com ar-condicionado, micro-ondas, fax, computador", escreveu Flávia num de seus e-mails para Madeleine. "A Iara me contou coisas inimagináveis sobre algumas comunidades que ela visitou no meio da selva. Por exemplo, uma carta leva até 30 dias para chegar ao Rio de Janeiro! Jornais e revistas, coisas impensáveis. Em compensação, só em lugares como esses dá para ver nuvens de borboletas coloridas, bandos enormes de araras e outras maravilhas da natureza. Aí é que eu parei para pensar no poder das ondas do rádio. É a única comunicação possível para passar informações relevantes. A Iara me contou que, com as unidades móveis, é possível gravar depoimentos de pessoas que vivem nas comunidades mais distantes, enviar mensagens, acolher denúncias. Recebem um monte de cartas, falando de coisas impressionantes, até de pais que vendem as filhas jovens para homens mais velhos... Eles se acham proprietários das filhas, não conseguem entender que não têm esse direito. Inacreditável, nos dias de hoje ainda há gente pensando desse jeito... a Iara contou também que as pessoas que são entrevistadas sentem-se prestigiadas, ficam em evidência em suas comunidades! Só os maridos é que não gostam quando as mulheres ficam famosas porque falaram no rádio...", arrematou Flávia.

Madeleine, num de seus e-mails, contou para Flávia que o estoque de colares, brincos e pulseiras de artesanato indígena que ela tinha levado de Manaus para sua loja em Paris já estava quase a zero: montou uma pequena vitrina com folhas e pedras, expondo as peças em pequenas cestas de palha, e foi o maior sucesso. Já tinha conseguido entrar em contato com a empresa do couro vegetal e encomendado algumas bolsas e carteiras. Mas a grande novidade foi que, num desfile de modas, Madeleine conheceu Antoine, um fotógrafo que adora viajar pelo mundo.

"Flávia, ele é um homem interessantíssimo! Muito charmoso, cabelos grisalhos, uma conversa envolvente. Adivinhe o lugar que ele quer conhecer? Isso mesmo, a Amazônia! Ficou encantado com o que eu lhe contei sobre a minha

viagem. Já combinamos de sair para jantar, ele quer ver as fotos! Já pensou se acontece um namoro e a gente viaja juntos para a Amazônia? Eu adoraria voltar para lá em boa companhia, embora também goste muito de viajar sozinha!", escreveu Madeleine, com o entusiasmo de uma adolescente apaixonada.

"Admirável essa capacidade de renovar as esperanças... E eu aqui, vivendo com esse maldito medo de me envolver e tornar a quebrar a cara, depois de tudo o que eu sofri com o Luís André...", pensava Flávia, enquanto lia o que Madeleine escreveu sobre Antoine.

Maíra não se cansava de agradecer, em suas cartas para Flávia, os postais que ela enviava dos lugares sobre os quais fazia as matérias para o Caderno de Turismo. Contou que levava tudo para a escola, para mostrar aos amigos e aos professores as belezas do Brasil. Mandou alguns desenhos inspirados nessas novas paisagens, tanto para Flávia quanto para Madeleine. Copiou e mandou para as duas o desenho da ilha de Silves, bem pequena, no meio do rio Urubu, que Francisco havia feito para ela, numa de suas cartas, para mostrar o lugar em que trabalhava com Bento, o irmão mais velho.

Flávia ficou surpresa quando recebeu a carta de Maíra com o desenho da ilha de Silves: "Não acredito! Justamente o lugar indicado por Iara, que coisa impressionante", pensou. Imediatamente procurou na Internet as informações sobre o hotel e ligou para lá, pedindo para falar com Francisco.

— Que surpresa boa falar com você! A Maíra escreveu contando que eu estou aqui?

— Claro, a gente continua se correspondendo! Ela adora escrever e tem uma letra tão bonita! E fez também o desenho mostrando a ilha de Silves. Você tinha razão, Francisco, quando disse que a Maíra é uma gracinha!

— Estou morrendo de saudades dela! Espero que no próximo mês eu consiga uma folga para passar uns três dias lá em casa. E você, por onde tem andado?

— Por muitos lugares interessantes, felizmente. Sabe, Francisco, estou planejando passar uns dias aí com vocês nas minhas férias. Quero escrever um livro sobre o desenvolvimento das comunidades em função do ecoturismo.

— Aqui é o lugar certo! Venha mesmo, vamos receber você com o maior carinho e dar todas as informações de que você precisar.

Duas semanas depois, outra boa surpresa: o chefe de Flávia iria mandá-la de volta a Manaus, para fazer uma matéria sobre outros hotéis de selva. Flávia ficou radiante: por sorte, o chefe estava de bom humor e aceitou seu pedido de tirar cinco dias de férias antecipadas para, aproveitando a ocasião, ir até Silves.

Seu desejo de escrever um livro sobre o tema estava cada vez mais intenso: as primeiras ideias começaram a se delinear com mais clareza após uma sugestão de Madeleine, que havia conversado com o amigo que trabalha numa editora francesa:

"Pierre me disse que os editores estão interessados em livros que abordam temas sérios, escritos numa linguagem atraente para crianças e jovens, na esperança de que essa nova geração cresça com outro tipo de pensamento, cuidando melhor do meio ambiente e se preocupando em encontrar soluções para o problema da pobreza. Ele me falou sobre o programa de Cultura da Paz da Unesco: a paz dentro da gente, com os outros e com o meio ambiente, que está sendo violentamente agredido. Já pensou em colher estes dados sobre o ecoturismo comunitário e criar uma história interessante para os jovens?", escreveu Madeleine.

"Que ótima ideia!", pensou Flávia, assim que leu a mensagem da amiga.

CAPÍTULO 10

DE VOLTA A MANAUS

Flávia passou a semana contando nos dedos os dias que faltavam para embarcar para Manaus. Pensou em nada dizer a Maíra e aparecer de surpresa no Bosque da Ciência, mas esqueceu de pedir segredo a Francisco quando lhe telefonou para reservar vaga no hotel em Silves. Quando Francisco ligou no dia seguinte para confirmar alguns dados, disse que tinha telefonado para casa dando a notícia e que Maíra estava feliz da vida esperando a visita de Flávia.

O chefe de Flávia encomendou a ela uma matéria sobre os hotéis de selva um pouco diferente da anterior. Queria, desta vez, atingir um público menos aventureiro, que deseja conhecer a floresta amazônica tendo como base de hospedagem um hotel cinco estrelas em Manaus. Do cais desse hotel, saem passeios em que os hóspedes passam o dia em hotéis de selva, com almoço incluído, a cerca de uma hora de barco. Neles, o turista tem a oportunidade de pegar uma trilha curta para conhecer a mata para, em seguida, passar algumas horas pescando em barcos confortáveis, regressando no final da tarde ao hotel de luxo, com piscina de ondas, cozinha internacional, mais de uma dúzia de lojas com artigos finos e outros requintes.

Quando o avião se aproximou de Manaus, chovia tanto na região do aeroporto que não havia possibilidade de pouso. A espera de quase meia hora acabou sendo um prêmio. O piloto sobrevoou uma outra área onde não chovia tanto: uma vista magnífica da floresta, com o desenho serpenteante dos rios e até mesmo o encontro das águas escuras do rio Negro com as águas barrentas do Solimões, que Flávia havia visto de barco, na viagem anterior. "Visto do avião, é muito mais emocionante. Como é que pode essas águas correrem lado a lado sem se misturarem por tantos quilômetros!", pensou, emocionada, o rosto grudado na janela, apreciando a paisagem. Mas constatou também, enquanto o avião descia, o grande cinturão de pobreza da periferia de Manaus: casas de madeira precárias, ao longo das margens do rio, contrastando com os bairros residenciais, onde se viam tantos quadradinhos azuis, as piscinas particulares das famílias ricas. "Contrastes do Brasil", pensou, lembrando-se de uma matéria recente que uma colega tinha escrito, mostrando os resultados de uma pesquisa sobre a vida dos milhões de brasileiros que vivem na miséria e dos poucos que são absurdamente ricos.

No sábado, Flávia conheceu um hotel flutuante no meio de um rio e, no domingo, um outro às margens de um lago muito bonito. À noite, depois de um bom jantar e algumas bolas de sorvete de frutas regionais, Flávia escreveu a matéria para, em seguida, passá-la por e-mail a seu chefe, pois só retornaria ao Rio de Janeiro quase uma semana depois.

Na segunda-feira acordou bem cedo, acabou de arrumar a pequena mala, empanturrou-se com as iguarias do café da manhã cinco estrelas, fechou a conta, pegou um táxi rumo ao Bosque da Ciência, com um bloco de anotações e uma caneta dentro da bolsa, intencionando conversar com a coordenadora do Projeto Pequenos Guias. A ideia de criar uma história para crianças e jovens a partir de dados da realidade estava tomando corpo e Flávia queria construir uma personagem inspirada em Maíra e nesse projeto que estimula nas crianças a preocupação e o cuidado com a preservação ambiental.

Flávia chegou na entrada do Bosque da Ciência cinco minutos antes do horário de abertura. O grupo de pequenos guias já estava a postos, esperando os turistas. Assim que viu Flávia, Maíra saiu correndo para abraçá-la, apresentando-a aos colegas como "a minha amiga do Rio de Janeiro". Ficou ainda mais feliz quando recebeu de presente uma caixa com canetas coloridas e um novo bloco de desenho.

— Oba, que legal! Prometo que vou continuar mandando desenhos bem caprichados para você e para a Madeleine! Agora me conte as novidades do seu passeio!

— Vou contar, mas primeiro eu preciso conversar com a coordenadora do Projeto; quero saber detalhes desse trabalho, Maíra. E como está sua mãe?

— Está bem, o papai e o Valdir também. Você quer ir lá em casa de novo?

— Adoraria, Maíra, mas não vai dar tempo. Vou almoçar com você aqui no Bosque e, em seguida, vou para Silves.

— Ah, antes que eu me esqueça, escrevi uma carta e fiz dois desenhos para o Francisco e o Bento. Você pode entregar pra eles?

— Claro, com o maior prazer! Foi assim que a gente se conheceu, né, Maíra? Eu trouxe uma carta do Francisco para você aqui.

— É mesmo! Agora, vamos conversar com a Maria Inês, vou levar você até a sala dela.

Percorreram um longo caminho até chegarem à sala da coordenação. Flávia e Maria Inês conversaram por mais de uma hora, inclusive sobre a história da criação do bosque.

— Toda essa área era um matagal, o ambiente, muito degradado, porque muitas pessoas dessas comunidades próximas matavam animais, jogavam lixo, tiravam madeira. Aí, a equipe do INPA convocou uma reunião com as crianças para falar sobre o projeto do Bosque da Ciência. Apareceram mais de trezentas! Depois fizemos um trabalho com os pais e os professores, enquanto a área estava sendo organizada.

— Como se dá o trabalho com as crianças?

— Na primeira fase, com a idade de dez a treze anos, ficam sete meses aprendendo sobre o que existe aqui no

Bosque, além de noções básicas de educação ambiental e de atendimento aos turistas. Depois, na segunda fase, passam a guiar os turistas. Há uma terceira fase, em que começam a trabalhar fora do Bosque, em projetos que às vezes elas próprias criam, atuando nas comunidades, por exemplo, com coleta seletiva de lixo, reciclagem de papel e muitas outras coisas.

— Que interessante! — exclamou Flávia. — Há uma mudança grande nessas crianças que participam do projeto, não é mesmo?

— Não só das crianças, mas também das famílias e das próprias comunidades. As famílias que têm pequenos guias são valorizadas; quando se tornam adolescentes não se juntam em "galeras", são modelos positivos e estimulam outras crianças a participarem dos projetos de educação ambiental — explicou Maria Inês, entusiasmada.

Flávia ficou encantada com tudo o que ouviu. "Num mundo tão complicado, com tanta violência entre as pessoas e tanta agressão ao ambiente, é bom demais saber que existem trabalhos como esse, que tentam tornar a vida melhor. Mesmo que isso seja uma gota d'água no oceano, vale a pena", pensou, ao se despedir de Maria Inês e caminhar com Maíra até o restaurante. Durante o almoço, Maíra fez muitas perguntas a Flávia sobre os passeios do final de semana e pediu a ela que, além dos postais, passasse a mandar os recortes de jornal com as matérias que fazia.

Na saída do Bosque, ao se despedirem, Maíra abraçou Flávia fortemente:

— Flávia, dá um abraço apertado assim no Francisco e no Bento por mim, tá bem?

— Dou, sim, eles vão ficar felizes com a sua carta e os desenhos.

Deram-se dois beijinhos, com a promessa de continuarem se comunicando por cartas, desenhos e postais.

CAPÍTULO 11

CHUVA, MUITA CHUVA

Mais de três horas de carro, sob uma chuva torrencial em alguns trechos da estrada bem asfaltada, até chegar a um caminho de terra, onde o carro, por vezes, ameaçou deslizar pelo barro encharcado. Por fim, Flávia e o motorista chegaram até a beira do rio, onde ela pegaria o barco para Silves. Chuva forte, relâmpagos, trovões. Saíram do carro, entraram num bar à beira-rio, onde havia uma mesa de sinuca, uma lâmpada fraca, pendurada no teto, e seis homens jogando animadamente, latas de cerveja se amontoando no balcão do bar.

O motorista resolveu participar do jogo depois de apresentar Flávia ao barqueiro. De boné, capa de chuva e sandálias de borracha, Orlando recomendou esperar a chuva diminuir.

— Vamos? — disse ele, meia hora depois, já começando a escurecer.

Chovia forte ainda. Flávia tirou a capa de chuva da mala, respirou fundo para tentar ficar menos tensa. Embora adorasse fazer turismo ecológico, ficou assustada ouvindo as histórias do motorista, durante a viagem, sobre casos recentes da região: ele próprio tinha matado um jacaré de seis metros, pouco menor do que uma canoa e precisou chamar treze homens para carregá-lo; uma moça estava lavando roupa na beira do rio, veio uma piranha preta, mordeu a mão direita dela, arrancando o polegar; uma onça devorou uma mulher que estava cuidando da roça — quando foram procurá-la, só descobriram um pedaço da roupa; um jacaré arrancou o braço de um pescador, com relógio e tudo. E agora, lá ia ela, já quase noite, num pequeno barco a motor, debaixo de chuva, no rio cheio de piranhas, jacarés, pirarucus e botos-cor-de-rosa.

— Orlando, o pessoal daqui toma banho de rio?

— Claro! Tem muita praia bonita por aqui!

— E esses bichos todos?

— Bem, outro dia, uma arraia espetou a perna do meu filho mais velho. Doeu muito, mas depois passou, não tem perigo, não, moça.

"Eu é que não vou tomar banho nesse rio...", pensou Flávia.

A chuva parou no meio do percurso. Já estava bem escuro; a lua cheia começou a aparecer, meio escondida pelas nuvens, porém já iluminando as areias brancas de algumas praias do rio. Flávia conseguiu ficar tranquila, divertindo-se com as histórias do boto tucuxi, que se transforma num belo rapaz e aparece nas festas vestido de branco, com chapéu de palha, e tira a moça mais bonita para dançar. Fica com ela no baile a noite inteira, no maior encantamento. Quando começa a clarear, ele sai de fininho, se atira no rio, vira boto de novo. A moça seduzida fica triste demais, só sai de casa à noite, para se encontrar com o boto na beira do rio. Para evitar que as moças engravidem e tenham "filhos do boto", muitas famílias proíbem as filhas de chegarem na beira do rio quando começa a escurecer.

— E tem muita gente que acredita nessa lenda, Orlando?

— Ih!...

Assim que chegou ao hotel, encontrou Francisco na recepção, que a recebeu com um abraço carinhoso. Flávia retribuiu com dois beijos e um abraço apertado que Maíra tinha mandado para o irmão. Francisco logo chamou Bento para apresentá-lo a Flávia:

— Seja bem-vinda a Silves e ao nosso hotel, Flávia. Espero que você passe dias muito agradáveis conosco. Por falar nisso, daqui a meia hora, o grupo de hóspedes vai sair de barco até uma praia próxima, para um piquenique noturno, preparado por famílias ribeirinhas que fizeram parceria com o hotel. Eu vou acompanhar o grupo.

— Oba, eu quero ir!

— Mas você não está cansada da viagem? — perguntou Francisco.

— Nem quero pensar nisso! — retrucou Flávia, que não costumava perder a oportunidade de fazer um bom passeio.

Foi para o quarto, tomou um banho rápido, passou um batom nos lábios e se juntou ao grupo, deixando o cansaço para depois. Não se arrependeu. Em torno de uma mesa na areia, à luz de velas, o grupo formou um círculo para se apresentar às duas famílias ribeirinhas que tinham preparado o peixe assado na brasa, com farinha de mandioca, arroz, molho e banana ensopada.

— Eu sou Raimundo, índio macuxi. Meu povo mora na fronteira com a Venezuela. Agora trabalho em Brasília, mas já fui até a Europa para defender a demarcação das nossas terras.

— Eu sou Zé Paulo, antropólogo, trabalho em Manaus, mas já vivi alguns anos em contato com várias comunidades indígenas.

— Eu sou Ângela, bióloga, estou há quatro anos no Acre pesquisando sementes nativas.

Ouvindo as apresentações e conversando com as pessoas durante o piquenique, Flávia descobriu que o grupo estava se reunindo no hotel para selecionar projetos de desenvolvimento sustentável em comunidades indígenas. No meio da conversa com a bióloga, alguém gritou:

— Rapaz, olha lá que jacaré enorme!

Outro se aproximou com a lanterna, iluminando um igarapé, próximo à mesa do piquenique:

— E olha só, tem mais três do outro lado!

— E mais um monte de pontos vermelhos na água, isso aqui está cheio de jacarés!

— Ai, meu Deus, e eu entrei na água lá pelo fim da tarde, que perigo!

"Eu, hein! Não vou entrar nesse rio nem que me paguem!", pensou Flávia novamente.

Sentou-se no banco, ao lado de quatro crianças.

— E vocês, não têm medo de jacaré?

— Temos não!

Flávia começou a conversar com a maior, de nove anos, que estava com o irmão de três adormecendo no seu colo. Curiosa para conhecer os detalhes da vida de quem mora pelas praias do rio, Flávia foi perguntando detalhes do dia a dia. Ficou sabendo que a prefeitura tem barcos que pegam as crianças das comunidades mais próximas para levá-las à escola.

— Também tem um barco-ambulância, para levar os doentes do hospital de volta para casa — acrescentou a mãe das crianças.

— Puxa, que bom!

— Mais ou menos, né? Na verdade, a saúde aqui não é boa, não. Tem até um hospital bonito, mas de sexta até segunda os médicos somem, os dentistas também. Às vezes, a gente vai lá e não encontra nenhum!

— E as escolas, são boas?

— É, até que funcionam direitinho. Agora, tem duas professoras inglesas que vieram morar aqui e estão trabalhando como voluntárias, dando aulas de inglês para as crianças e para o pessoal do hotel.

— É bom isso, aqui vocês recebem turistas do mundo inteiro!

— E alguns que vieram passear gostaram tanto que acabaram voltando para morar aqui — acrescentou Bento.

— É mesmo? E o que fazem aqui? — perguntou Flávia, curiosa.

— Várias coisas. Uma italiana abriu um restaurante. Uma alemã começou a fazer sabonetes com as essências da terra e acabou criando uma associação de mulheres, num projeto de geração de renda. Organizou um viveiro de plantas, inclusive medicinais, e o laboratório para a produção. Ela coordena o trabalho aqui e viaja pelo Brasil e para outros países, fazendo contatos até para exportação.

— Então, aquele sabonete glicerinado que eu encontrei no banheiro é delas?

— Exatamente! A gente fez uma parceria com elas, compramos os sabonetes para os hóspedes e também vendemos na lojinha do hotel. Além de pau-rosa, tem sabonete de eucalipto, de melão-de-são-caetano, que é bom para acalmar coceira, e de tangerina.

— Tangerina?!

— É, as crianças adoram!

— Coisa esquisita! Não consigo me imaginar cheirando a tangerina depois do banho... — comentou Flávia.

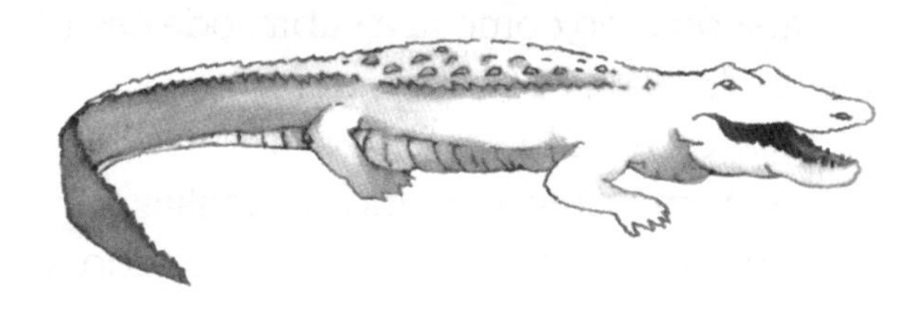

CAPÍTULO 12

CONHECENDO A ILHA DE SILVES

O passeio da manhã seguinte foi em torno da ilha de Silves. Saindo do rio Urubu, o barco chegou ao lago Canaçari, onde vários botos-cor-de-rosa apareceram quando Orlando parou no meio do lago para apreciar o espetáculo. No trajeto, tinham passado próximo às margens do rio, onde jacarés tomavam sol, para depois entrarem na água, só com os olhos de fora, antes de mergulharem completamente. Garças brancas pousavam elegantemente no topo de varas espetadas na beira d'água; um coró-coró pegou um peixinho com seu bico fino e curvo; mergulhões, maguaris e jaçanãs também surgiam na paisagem, à medida que o barco deslizava nas águas calmas.

Ainda não tinha começado a época da cheia e, então, além das praias de areia branca, havia campos muito verdes, com o gado pastando.

— Mas, quando o rio começa a subir, toda essa área fica submersa — esclareceu Roberto, o guia.

— E os bois, para onde vão?

— Vão para terra firme. Quando as famílias não têm terrenos por lá, podem alugar ou pedir emprestado a um parente ou amigo, e aí o gado fica lá até as águas baixarem de novo.

— E as plantações? — quis saber uma turista.

— Se não souberem calcular bem a época da colheita, podem perder tudo com a cheia.

— Nossa, eles devem ficar chateados quando isso acontece...

— O rio leva o que é dele — comentou Orlando, tranquilamente.

— E o que costumam plantar? — perguntou Flávia, curiosa.

— Ah, fazem roça de melancia, banana, cacau, milho e, principalmente, mandioca. Há um outro passeio em que nós visitamos uma família ribeirinha para conhecer a casa de farinha. Lá vocês vão ver todo o processo de produção da farinha de mandioca, que as famílias consomem e também vendem.

— Elas comem peixe com farinha todos os dias?

— Bem, o pessoal daqui come muito peixe, mas também caça tatu, cotia, paca. Alguns criam porcos e galinhas, o problema é que os gaviões e os jacarés também adoram comer galinhas. Daí, alguns matam os jacarés, até porque gostam de comer a carne do rabo.

— Comer jacaré? Arghh!... — exclamou Flávia.

— Ué, tem gente que gosta de comer até cobra... — comentou Orlando.

Depois do almoço e de uma boa soneca na rede da varanda, Flávia começou a se preparar para assistir ao grande evento da cidade. Francisco tinha lhe avisado para não deixar de ver o batizado de mais de cem crianças, vindas de várias comunidades, na igreja de Nossa Senhora da Conceição. Explicou a Flávia que, como nem sempre tem padre na igreja, o pessoal organiza duas vezes por ano um grande batizado coletivo. Como trabalharia até às sete no hotel, combinou de encontrar com ela mais tarde.

Flávia foi caminhando lentamente pelas ruas da cidade, a máquina fotográfica na mão, observando o movimento. Passou por uma casa em que um casal e uma criança pequena se balançavam preguiçosamente nas cadeiras de balanço, na varanda; em outra casa, as pessoas haviam colocado cadeiras na calçada para conversar, deixando a porta e as janelas bem abertas, dando para ver a mobília modesta, o quadro do Sagrado Coração de Jesus pendurado na parede, ao lado de fotos antigas dos antepassados. Numa outra casa, bem próxima à igreja, a família tinha armado uma mesa na calçada, aproveitando a ocasião da festa para vender café e salgadinhos.

Antes das cinco, a igreja já estava lotada e, apesar de as portas laterais e de todas as janelas estarem completamente abertas, fazia um calor infernal lá dentro. Flávia resolveu ficar junto de algumas crianças que se equilibravam em pedras altas para verem a cerimônia do lado de fora pelas janelas, onde o ar estava mais fresco que no interior da igreja.

Um pequeno conjunto formado por um violeiro, um violinista, uma tecladista e uma cantora já estava se posicionando ao lado do altar. Em frente, uma mesa com uma bacia de água benta e uma vela enorme. Todas as crianças estavam vestidas de branco. Flávia sentiu pena de algumas menininhas, com vestidos engomados e meias compridas, naquele calorão.

— E aí, pessoal! Todo mundo contente, mesmo com essa igreja tão cheia? Já vamos começar a cerimônia — anunciou a cantora.

— Por favor, façam uma fila, cada criança com seu padrinho ou madrinha. Estamos aqui reunidos para celebrar o batismo de nossas crianças — disse o padre, dando início ao ritual.

Flávia nunca tinha visto tantas crianças, de idades variadas, sendo batizadas ao mesmo tempo: bebês mamando no seio das mães, antes de entrarem na fila; crianças pequenas no colo e as maiores ao lado de seus padrinhos e madrinhas.

A cerimônia durou mais de duas horas, muita gente se abanando com o folheto das orações, alguns conversando em voz alta.

— Silêncio, por favor! — pedia, com uma certa frequência, a cantora.

Várias pessoas entravam e saíam da igreja, impacientes. Flávia estava de olho na grande mesa de bolos variados e refrigerantes montada do lado de fora. Curiosa, aproximou-se e perguntou:

— É para vender?

— Não, moça. É para a festa do batizado.

— Puxa, quantos bolos diferentes!

— É que os pais e os padrinhos trazem bolo ou refrigerante para todos comerem depois — explicou uma das moças, enquanto cortava um bolo em quadradinhos.

Em frente à igreja começou a despontar a lua cheia, cor de laranja, deixando uma faixa de luz nas águas do rio. Flávia foi para a praça, sentou-se num dos bancos, onde já estavam duas meninas conversando, ficou contemplando a lua com uma certa tristeza, pensando em Luís André, a dor de ter sido traída e abandonada ameaçando voltar com toda a força. "E eu gostava tanto dele, que mania horrorosa de mentir tanto...", pensou.

As duas meninas saíram do banco e foram até a carrocinha de doces e, logo depois, sentou-se uma moça jovem, de cabelos pretos e lisos até a cintura. Estava carregando um bebê, que começou a mamar em seu seio. Sem conseguir segurar a curiosidade, Flávia perguntou:

— Você é tão novinha e já tem filho?

— Esse é o segundo!

— É mesmo? Que idade você tem?

— Dezessete!

— Nossa! Você é novinha mesmo!

— Aqui, a gente se casa cedo... E você, tem quantos filhos?

— Nenhum...

— Ué, e quantos anos você tem?

— Ah, vinte e quatro...

— E é casada?

— Não, eu ia me casar, mas acabou não dando certo...

Estava começando, de novo, a mergulhar na tristeza quando viu um senhor se aproximar da moça:

— "Bença", pai! — disse a moça, beijando-lhe a mão.

— Deus te abençoe, minha filha.

Flávia ficou surpresa. Lembrou-se da mãe, que pedia a bênção aos pais, mas não passou esse hábito nem para ela nem para seus irmãos.

"Não conheço ninguém da minha geração que pede a bênção aos pais. E aqui, isso ainda acontece, que engraçado..."

Levantou-se para dar uma volta pela praça, logo viu Francisco e Bento caminhando em sua direção.

— Oi, Flávia, chegamos ainda há pouco e estávamos procurando por você! — disse Francisco. — O que você achou do batizado coletivo?

— Emocionante! Nunca vi coisa parecida!

— Vamos até o outro lado da praça? Lá tem um telefone, nós três podemos contar essa novidade para a Maíra. Ela vai adorar falar com você, Flávia!

— Vai é sentir vontade de vir para cá ficar com a gente — disse Francisco, que já estava morrendo de saudades da irmã.

— Francisco, qual é o passeio de amanhã, você sabe?

— Sei, vamos passar pelo lago Canaçari até chegar ao rio Amazonas e visitar famílias ribeirinhas, você vai adorar.

CAPÍTULO 13

AS FAMÍLIAS RIBEIRINHAS

Depois de sair do lago Canaçari, o grupo pegou uma trilha pela várzea, muito verde, onde cresce o arroz selvagem que o gado e os pássaros comem. Na época da cheia, todo esse campo fica coberto pelas águas; o arroz e outras plantas da várzea passam a ser alimento para os peixes, bem como as frutas das árvores menores, que ficam submersas. Roberto levou o grupo para a floresta, para mostrar algumas variedades de árvores. Logo na primeira, com um tronco enorme e um buraco no meio, o turista austríaco quis tirar uma foto. Colocou-se nessa "porta" da árvore, as mãos em prece:

— Estou me sentindo numa catedral gótica da Europa!

— Venham ver também essas outras árvores: o tarumã, o puruí-grande-da-mata, o cumaru, a mungubeira, a samaumeira. Vejam essa aqui, com o tronco coberto de espinhos. E sintam o cheiro dessa flor, que delícia! — Roberto ia mostrando uma por uma aos turistas, encantados.

Saíram da floresta, voltaram a pegar a trilha da várzea, passando por uma área grande, cheia de vitórias-régias, as folhas muito enrugadas, pouca água.

— Na época da cheia, as folhas flutuam na água abundante e aumentam de tamanho — esclareceu Roberto. — Mais adiante, vamos entrar novamente na mata. Vou mostrar uma árvore que vocês vão achar muito interessante!

Era um mulateiro ou pau-mulato. Tronco muito alto e grosso, a casca lisa. Roberto encostou o rosto no tronco:

— O mulateiro troca de casca três vezes por ano. O pessoal acredita que, se a gente encostar o rosto no tronco, rejuvenesce.

O turista austríaco, muito brincalhão, não perdeu tempo: encostou também o rosto no tronco várias vezes e saiu falando que nem criança pequena, com o dedo na boca!

De novo pela trilha da várzea, chegaram a uma comunidade de vinte e duas famílias, já às margens do rio Amazonas.

— Nesse galpão grande funciona a escola, que vai da primeira à quarta série.

— Um galpão tão grande para uma comunidade tão pequena? — espantou-se a turista inglesa.

— É que crianças de várias comunidades vêm estudar aqui. A prefeitura manda um barco pegá-las.

— Ouvi dizer que, em algumas comunidades, as crianças da primeira à quarta série ficam misturadas numa mesma sala, com uma professora para todas. É assim aqui também? — perguntou Flávia.

— Já foi, agora não é mais — esclareceu Roberto. — Um dos meus irmãos chegou a trabalhar nessas condições, foi terrível. Na época, eram quase quarenta crianças. Ele acabou fazendo um acordo, agrupando as duas primeiras séries de manhã e as outras duas à tarde, mas mesmo assim foi uma experiência complicada.

— Imagino! Com uma série em cada sala já não é fácil...

— E os professores, também chegam aqui no barco da prefeitura?

— Nem sempre. Muitos passam a semana morando na comunidade e vão para casa nos finais de semana. Há outros que se mudam com a família, para ficar bem próximo às escolas onde trabalham.

"Como é complicada a questão da educação nessas áreas! É uma região tão grande, tudo tão distante de tudo...", pensou Flávia.

— Aqui, a terra é alta e, quando o rio enche, não cobre totalmente as casas. No máximo, o nível da água fica nas estacas de madeira, às vezes entra um pouco pelo chão da casa — explicou Roberto. — Mas, depois, vamos conhecer uma casa temporária, vocês vão ver como é.

Os três ficaram curiosos para ver a tal "casa temporária". "Ué, tanta gente rica tem casa de campo, para onde só vão de vez em quando, vai ver que é algo parecido...", pensou Flávia.

Chegaram a um trecho do rio com terra mais baixa. Quando o barco já estava quase parando, próximo da margem, viram uma pescadora lançando uma pequena rede. Orlando saltou e puxou o barco até a areia, para que os turistas pudessem sair sem molhar os pés. Avistaram uma casa, com uma família de quatro pessoas. A armação de madeira, paredes e teto de palha, um único cômodo onde havia várias redes penduradas, um pequeno fogão, algumas panelas meio amassadas, uma enorme moringa, para conservar a água fresca.

Depois de apresentar os turistas à família, Roberto explicou:

— Aqui eles moram só alguns meses por ano, na época da vazante. Há mais espaço para criar porcos e galinhas e para fazer roça. Na cheia, eles vão para outra casa em terra firme, deixam a armação de madeira, que fica submersa, e levam o teto e as paredes de palha, até voltarem no ano seguinte.

— E por que ficam trocando de casa? — quis saber o turista austríaco.

— Aqui eles têm mais espaço e a pesca é mais fácil — esclareceu Roberto.

"Casa de campo, que nada! É vida dura mesmo...", concluiu Flávia.

Já estavam de saída quando surgiu a pescadora, uma cabocla robusta e desdentada, o rosto castigado pelo sol, apesar da proteção do chapéu de palha, os cabelos escuros já com alguns fios brancos presos num coque, blusa azul de mangas compridas, saia e sandálias de borracha. Vinha com uma bacia de plástico com o peixe pescado para o almoço da família. Roberto a cumprimentou e a apresentou aos turistas. Flávia logo perguntou:

— Era a senhora que estava pescando quando chegamos?

— Eu mesma, moça.

— E pescou um peixe só?

— A gente não vai comer mais do que isso...

"É mesmo, nessa casa não tem geladeira, eles não teriam nem como guardar a comida que sobra, estragaria tudo com esse calor...", pensou Flávia, ao se despedir da pescadora.

— Gente, agora vamos nos refrescar com um bom banho no rio Amazonas! — sugeriu Roberto. — Fiquem aqui perto da margem, porque o rio está começando a ficar agitado.

Os três nem pestanejaram. Como Roberto e Orlando disseram que nesse trecho do rio havia menos peixes e jacarés, até Flávia se animou a tomar banho. Puseram as mochilas em cima do mato, tiraram tênis, meias, bermudas, camisetas, óculos e bonés e foram os cinco para a água.

"Aqui, tudo bem, mas no rio Urubu nem pensar...", concluiu Flávia.

Ficaram mais de meia hora na água nadando, brincando, conversando.

Saíram da água, pegaram o barco de novo e saltaram quinze minutos depois. Flávia logo avistou um barzinho, ao lado de um telefone público.

— Ai, que sede! A água que eu trouxe acabou. A senhora tem água mineral aí?

— Ih, moça, as bebidas só vão chegar no barco da tarde. Tem a água que a gente bebe, posso lhe arranjar um copo. Menino, vá lá dentro e pegue um copo d'água pra moça!

Atrás do balcão, três crianças pequenas em volta da mãe olhavam alternadamente para Flávia, para a turista inglesa e para o austríaco, já bem vermelhos depois de duas horas sob o sol forte amenizado pelo mergulho refrescante no rio Amazonas.

— Os quatro são seus?

— Esses e mais cinco!

— Nossa, nove filhos?! — exclamou Flávia.

— É, dois estão em Manaus, morando com um parente, porque aqui já não tem mais escola para eles. Os outros quatro estão arrumando a casa e cuidando das galinhas.

— Aqui as crianças fazem todas as tarefas da casa?

— Ah, tem que ser, moça! Quando os pais não dão trabalho para os filhos, eles acabam dando trabalho para os pais!

Estavam nesse momento num centro comunitário, onde há um salão de festas, uma pequena igreja, um campo de futebol, um bar e várias casinhas de madeira, abertas e desocupadas.

— Esse bar é também a casa onde mora o professor da escola, que fica naquela comunidade que acabamos de visitar. As bebidas acabaram porque o pessoal das compras sai de barco para Silves na sexta e só volta no sábado à tarde. Aqui é o centro onde as famílias que moram nessa área se reúnem nos finais de semana — explicou Roberto.

— E durante a semana isso aqui fica vazio?

— Sim, porque todos estão pescando ou trabalhando na roça ou cuidando da casa. De sábado para domingo tem festa, o pessoal fica dançando e conversando até de manhã. As crianças são colocadas para dormir nessas casinhas vazias, só que tem algumas que também adoram dançar e ficam acordadas até bem tarde.

— E no domingo tem o culto na igreja; depois, as pessoas ficam conversando — acrescentou a mulher do professor.

"A vida é dura, mas mesmo assim eles conseguem se divertir", concluiu Flávia.

— Ih, agora tem banzeiro brabo — comentou "seu" Dario, um dos mais antigos moradores, que também estava no centro comunitário, sentado num banco, chapéu de palha, a barba rala, camisa aberta, contemplando o rio, seu cão ao lado.

— É, tá brabo mesmo — concordou Orlando. — Mas dá para atravessar.

O rio estava realmente agitado. Barqueiro experiente, Orlando ia cortando as ondas, mas o barco batia duro na água. E os cinco batiam duro nos bancos de metal, segurando firme com as mãos. Flávia fechou os olhos para não se apavorar ainda mais, "ai", "ui", o pessoal ia gritando ao bater com o traseiro no banco, ou com joelhos e cotovelos nas bordas do barco.

"Ai, que horror!"; "Por que eu me meti nesse passeio?"; "Ai, meu Deus, será que ainda vai demorar muito?"; "E se esse barco virar e esse rio tiver aqueles peixes que comem gente?"; "Cruzes, isso não acaba!" Flávia estava atormentada, pensamentos e emoções num turbilhão. Mas aguentou firme, afinal, ninguém estava se queixando, embora provavelmente todos estivessem sentindo a mesma coisa.

Levaram mais de uma hora nessa montanha-russa até que, finalmente, dobraram a curva que dava acesso ao rio Urubu. Águas tranquilas, calmaria total.

— Ufa! — respiraram todos, aliviados.

CAPÍTULO 14

LAGOS CHEIOS DE PEIXES

— Ai, meu traseiro! Não estou conseguindo nem sentar direito!

— E o meu? Ficou ralado que nem joelho de criança quando leva tombo!

O assunto do café da manhã foi a dor no corpo dos que passaram pelo "pesadelo do rio Amazonas". Entre um pedaço e outro de bolo de coco, banana assada e tapioca, os três trocavam suas impressões.

— Mais um pouco e vocês iam precisar do pegador de ossos! — disse Pudico, um caboclo baixo e magro, com um bigodinho fino, que estava trazendo as iguarias para a mesa.

— Rapaz, que história é essa de pegador de ossos? — Flávia já estava começando a falar como o pessoal da terra. "Rapaz..."

— É um homem que mora aqui na comunidade. Ele conhece bem o corpo humano. Quando alguém desloca um osso, ele pega e conserta, bota tudo no lugar...

— Ué, isso é trabalho de ortopedista. Não tem médico no hospital?

— Médico de osso, não. Quando alguém se quebra, tem que ir para o hospital de outra cidade.

O bolo de coco estava acabando e Ana, a cozinheira, veio trazer pessoalmente um bolo de jerimum, fofíssimo e ainda quente.

— Puxa, Ana, esses bolos que você faz dão problema pra gente! Ninguém consegue comer um pedaço só! Vou sair daqui com uns quilinhos a mais! — comentou Flávia.

Ana sorriu, a barriga enorme, o bebê já quase na época de nascer.

— É, todo mundo que se hospeda aqui diz a mesma coisa. E olha que agora eu nem estou fazendo pão...

— Ai, que desgraça, você faz pães tão gostosos quanto os bolos?

— Faço, só que agora, com esse barrigão, eu perdi a vontade de fazer pão...

— Hum, quer dizer, então, que a barriga cresceu e a vontade de fazer pão encolheu, é?

Risada geral. O grupo continuou saboreando o café regional do hotel: suco de acerola e de caju, geleia de manga, queijo e manteiga feitos por pessoas da comunidade. Um turista perguntou:

— E para o almoço, Ana, o que você está preparando?

— Vai ter curimatã na brasa, salada e baião de dois.

— O que é isso? — quis saber a turista inglesa.

— É um peixe da região e feijão com arroz misturados, com cheiro-verde — esclareceu Ana.

— Hum, parece bom...

— Mas e aí, Ana, você vai para o hospital ter o bebê ou vai ter em casa, com parteira? — quis saber Flávia.

— Esse eu vou ter no hospital, mas em outra cidade, para tentar conseguir cirurgia para parar de ter filhos. Esse já é o sétimo!

— Meu Deus! Vocês aqui gostam mesmo de ter filhos! — comentou outra turista.

"E eu sem querer ter...", pensou Flávia, logo antes de perguntar se havia muitas parteiras na região.

— Tem, sim. A mais antiga é a D. Elisabete, agora já está com mais de 70 anos. Eu nasci pelas mãos dela — disse Vicente, o gerente do hotel, que tinha acabado de chegar e já estava participando da conversa.

— E ela também entende muito de plantas medicinais — acrescentou Pudico. — Todo dia tem gente que vai à casa dela para pedir remédios. Planta as ervas no quintal e prepara os xaropes e as pomadas, com sebo de carneiro e de gato.

— Taí, é uma pessoa que eu gostaria de conhecer — disse Flávia.

— Vale a pena, ela é muito querida e respeitada na comunidade. Tem uma neta dela que trabalha aqui no hotel. Ela pode te levar para conhecer a D. Elisabete.

— Quero entender uma coisa: como é que as mulheres aqui conseguem ter tantos filhos e trabalhar o dia inteiro?

— Ah, os mais velhos vão tomando conta dos mais novos; alguns vão para a escola de manhã, outros vão à tarde e as tarefas da casa são divididas. Às vezes, tem alguém da família que ajuda, mas nem sempre — esclareceu Ana.

— E o pai, também toma conta dos filhos? — quis saber o turista austríaco.

— A maioria dos pais participa bastante — disse Roberto, que ia levá-los para o passeio pelos lagos de conservação logo após o café da manhã. — Eu tenho um filho de um ano e faço tudo por ele: dou banho, troco fralda, coloco para dormir, levo para passear...

— Rapaz, você já tem filho, com essa cara de garoto? — perguntou uma turista de Manaus.

— É, a gente se descuidou e ela engravidou com quinze anos, e eu tinha dezessete... aí fomos morar juntos na casa de meus pais e eu assumi a responsabilidade. Agora, trabalho muito para sustentar a família e juntar um dinheiro para construir uma casinha num lote que a prefeitura doou.

Pegaram o carro até o cais e, em seguida, o barco até os dois lagos de conservação, Purema e Piramiri. O sol estava forte e nenhum dos quatro turistas esqueceu de usar chapéu e filtro solar. No caminho, Roberto foi contando a história que motivou a comunidade a organizar os dois "lagos santuários" onde a pesca é proibida, exceto para a alimentação dos quatro vigias que se revezam em duplas na casa flutuante do lago, para impedir a entrada dos barcos pesqueiros e a extração ilegal de madeira na mata nativa.

— No início da década de 1980 a situação por aqui estava caótica. Um monte de barcos pesqueiros vinha de fora, pegando peixes de todos os tamanhos, gente caçava livremente na mata, tudo sem a menor fiscalização. Começou a faltar peixe, muita gente passando fome, o pessoal da comunidade estava sofrendo bastante. Aí, por iniciativa da Igreja Católica, foi convocada uma grande reunião para tratar dos problemas sociais, que eram muitos.

De repente...

— Ai, o que é isso? — gritou uma turista.

— Ih, um peixe pulou dentro do barco!

— Está passando pela minha perna!

— Isso às vezes acontece. Agora a gente tem muito peixe de novo. Esse é pequeno, ainda não dá para comer; vamos devolvê-lo ao rio.

— Mas e aí, o que vocês fizeram? — Flávia quis retomar o assunto.

— O bispo convocou a Assembleia do Povo. Quando a gente voltar ao hotel, se vocês quiserem saber mais detalhes, o Vicente pode contar. Ele participou de tudo desde o começo. Eu ainda era menino. Mas eu sei que, no início, foi complicado: houve muita briga quando os moradores tentaram impedir a entrada dos barcos, teve até luta armada. Daí que, no início da década de 1990, organizaram a Associação para conseguir financiamento para o projeto de conservação ambiental, e foi assim que mantiveram os lagos e fizeram o projeto do hotel.

— Gente, já estamos chegando ao caminho dos lagos! — anunciou Orlando.

O barco entrou por um canal estreito, cheio de vegetação. No silêncio e na paz desse lugar, apenas o som dos pássaros e o deslizar suave do remo, movimentando lentamente o barco. Chegaram a um ponto em que não dava mais para prosseguir. Saíram do barco e caminharam por um trecho de terra seca, até a beira do lago, onde um dos vigias os esperava num barco para levá-los até o flutuante. Lá, há o quarto dos vigias e um outro com dois colchões e vários ganchos de rede para os turistas que desejam pernoitar para fazer a focagem de jacarés.

— Rapaz, tem tanto jacaré nesse lago que, quando se acende a lanterna, parece até que a gente está numa rua de São Paulo: fica cheio de pontinhos vermelhos — brincou o vigia.

— E de manhã cedo o pessoal acorda com a "orquestra sinfônica dos pássaros" — acrescentou Roberto.

E ficaram todos lá, durante mais de uma hora, na varanda do flutuante, conversando e apreciando a tranquilidade do lago e a imponência da mata nativa.

CAPÍTULO 15

A FESTA NA PRAÇA

Vassoura na mão, pronto para começar a limpeza do hotel, Francisco foi logo contando a novidade:

— Gente, vocês sabem que ontem o Orlando conseguiu pescar um tambaqui de vinte quilos?

— Opa, dá para fazer uma festa! É peixe que não acaba mais!

Os turistas estavam na varanda saboreando o café da manhã com um maravilhoso bolo de macaxeira, suco de maracujá e outras delícias regionais.

— Quanto tempo leva para chegar a esse peso? — Flávia logo quis saber.

— Ah, uns três anos!

— O tambaqui pode ser pescado livremente?

— Não, só quando chega a 4,5 kg.

— E os outros?

— Pode pegar tucunaré, curimatã e alguns outros, mas nunca em excesso. Outros, como o peixe-boi, não podem ser pescados, porque estão ameaçados de extinção — esclareceu Vicente.

— Hum, já estou sonhando com a caldeirada de tucunaré prometida para o jantar de hoje. Com arroz e pirão, irresistível! Ainda mais com a festa que vai acontecer na praça... — comentou Flávia.

À noite, saboreando a caldeirada no terraço do restaurante, Flávia observava atentamente a animação do povo. Era a semana de festas de Nossa Senhora da Conceição, a padroeira da cidade. Em frente à igreja, havia um palanque com duas grandes caixas de som, onde se apresentava um teatro de fantoches. Umas duzentas crianças, de todas as idades, se amontoavam em frente ao palco participando ativamente, enquanto outras corriam pela praça ou rodeavam a carrocinha de doces. Já eram quase dez da noite e nem os bebês que passeavam de carrinho pareciam estar com sono.

Muitos aplausos no final do teatro e o animador anunciando que, dentro de dez minutos, começaria a apresentação de calouros. Adultos e crianças poderiam participar do concurso que duraria toda a semana, até a véspera da grande festa da padroeira. Os quatro primeiros colocados de cada categoria receberiam os prêmios doados pelos comerciantes locais.

Depois do jantar, Flávia e a turista de Manaus ficaram passeando pela praça, cheia de pessoas de todas as idades: grupos de jovens conversando e namorando, a criançada sem sono, os velhos sentados nos bancos. Acabaram encontrando com Vicente, Márcia e os dois filhos, abraçados com o pai.

— Ih, esse papai é muito querido, não é? — disse a turista de Manaus.

— Nossa, e como! Quando Vicente passa uns dias trabalhando fora, eles ficam impossíveis, toda hora perguntam pelo pai — comentou Márcia.

— É que eu faço tudo para eles, até comida.

— É mesmo, Vicente? Você sabe cozinhar?

— E muito bem! Era ele quem preparava o caldo de galinha quando eu estava de resguardo — disse Márcia.

— Ué, vocês aqui conservam este hábito de dar canja de galinha para as mulheres que tiveram neném? — surpreendeu-se Flávia.

— É, a gente acredita que isso ajuda a criar leite, mas tem que ser com galinha de quintal. Essas que a gente compra no supermercado, criadas com ração e hormônios, não prestam não!

— E a mulher fica quarenta dias só tomando esse caldo? Arghh! — exclamou Flávia, pensando: "Se eu morasse aqui, haveria mais um motivo para não querer ter filhos!".

— Não! A gente come de tudo, é preciso se alimentar bem, mas o caldo de galinha vai junto.

— É, no dia do batizado coletivo, eu reparei que muitas mulheres estavam amamentando. Que bom que aqui vocês continuam mantendo esse costume!

— Teve uma época em que poucas mulheres amamentavam. Foi muita influência da propaganda do leite em pó. Mas, como as pessoas são pobres, acabavam colocando muita água e farinha para engrossar. Aí, as crianças ficavam desnutridas e muitas morriam.

— Então várias igrejas, junto com a Pastoral da Criança, começaram a fazer um trabalho de conscientização, mostrando que o leite materno é o alimento mais completo para o bebê — complementou Vicente.

— Conta pra gente como é que você aprendeu a cozinhar, Vicente!

— Lá em casa éramos onze. Minha mãe ensinou todos nós a cozinhar e a costurar também. Eu era um dos mais rebeldes, só queria saber de brincar, mas ela sempre dizia: "Meu filho, nem sempre eu vou poder estar ao seu lado para fazer as coisas pra você".

— É, tá certo!

— E foi muito bom, porque eu aprendi a me virar. Aí é que eu cheguei à conclusão de que, quando a gente fica dependendo dos pais, aprende poucas coisas.

Um casal idoso saiu do banco e os quatro resolveram se sentar para continuar a conversa, enquanto as crianças assistiam à apresentação dos calouros, que já havia começado.

— Vicente, no passeio de ontem, o Roberto começou a contar a história da Assembleia do Povo e disse que você participou desse movimento desde o início. Conta pra gente essa história — pediu Flávia.

— Foi assim: a cada dois anos, essa Assembleia, que chegou a ter duzentas pessoas, se reunia para discutir os problemas sociais da região: a pesca predatória, que estava acabando com os peixes, problemas de saúde, educação, a questão das queimadas e do desmatamento. Vinha gente de várias comunidades; as pessoas traziam rede e comida, pois podiam se alojar nas casas dos moradores de Silves. Entre uma reunião e outra, os comitês locais trabalhavam com a estratégia do ver-julgar-agir e, assim, íamos lutando pela recuperação da região.

— Que coisa bonita! Havia um desejo coletivo de melhorar a qualidade de vida e as pessoas se uniram para pensar e agir em conjunto! — exclamou Flávia.

— Foi um movimento bonito, sim, mas sabe o que aconteceu? Quando conseguiram controlar a invasão dos barcos pesqueiros e os peixes aumentaram, a maioria das comunidades se acomodou. Só o comitê aqui do centro de Silves continuou ativo. Depois de um tempo, os barcos pesqueiros começaram a aparecer de novo. Vinham até barcos cheios de turistas, com grandes redes de pesca e muitas caixas de isopor para carregar quilos e mais quilos de peixes, sem sequer respeitar a época da reprodução, um absurdo. Aí, a luta teve que recomeçar.

— É, não se pode relaxar, senão os problemas retornam.

— Foi aí que, no início da década de 1990, começamos o projeto de conservação dos dois lagos que vocês visitaram. Lá a pesca é proibida porque, na época da seca, há uma grande concentração de peixes; quando vem a cheia, os peixes se espalham pelo rio e a pesca fica mais fácil para todo mundo. Mas, infelizmente, nem todos entendem essa lógica e insistem em pescar nesses lagos. Por isso, sempre mantemos os vigias por lá. E já teve ocasiões em que eles receberam até ameaças de morte...

— É difícil mudar a mentalidade das pessoas... — comentou a turista de Manaus.

— Dificílimo — concordou Vicente. — Até hoje a gente enfrenta problemas sérios para convencer alguns pescadores a aceitarem a ideia de que ninguém pode pescar em excesso, só o suficiente para o sustento, porque senão vai faltar para os outros.

— E o que eles dizem? — perguntou Flávia.

— Ah, dizem que, se não pegarem muito, outros vão pegar e eles vão ficar na pior. Os mais arrogantes nem querem ouvir nossos argumentos, não deixam a gente entrar quando chegamos às casas deles.

— Isso é complicado mesmo — disse a turista de Manaus. — Vocês estão propondo uma revolução no modo de pensar: da lógica capitalista, individualista, onde impera a ganância e o desejo de ter mais do que os outros, para a lógica da partilha, onde todos podem tirar o suficiente, sem excesso nem carência.

— A senhora acha que isso é um sonho louco? — perguntou Márcia.

— É um sonho de justiça social. Acredito e espero que a humanidade chegue a esse estágio, mas para isso é preciso haver um esforço permanente.

— É o que estamos tentando desde que criamos a Associação, que nos abriu a possibilidade de captar recursos do exterior para financiar o projeto de conservação dos lagos e o hotel, que foi uma das primeiras experiências de ecoturismo comunitário. Nosso hotel não tem dono, é gerenciado por uma cooperativa. Todas as decisões são tomadas coletivamente, inclusive para resolver como utilizar o dinheiro arrecadado, que é investido no desenvolvimento da comunidade.

Assim que terminou a apresentação de calouros, houve um rebuliço geral. Flávia logo se levantou, curiosa para ver o que estava acontecendo. O animador tinha aberto um enorme saco de balas e começou a distribuir para a criançada. Já passava da meia-noite e parecia que ninguém queria dormir.

CAPÍTULO 16

A PARTEIRA QUE FAZ REMÉDIOS

Era o último dia de Flávia no hotel Aldeia dos Lagos. Ela, a turista de Manaus e o turista austríaco combinaram com Orlando de saírem às duas da tarde do cais para, depois de uma hora de barco, enfrentarem mais três horas de estrada até Manaus. A turista inglesa ainda ficaria mais uns dias por lá.

A neta de D. Elisabete tinha combinado com Roberto de levar Flávia de carro às nove da manhã, para conversar com a mais antiga parteira da região. Contou que D. Elisabete é enfermeira e trabalhou durante muitos anos em Parintins e também no hospital de Silves, por onde se aposentou. Atualmente, já não consegue se locomover como antes, quando era muito solicitada para atender as grávidas e "pegar os nenéns" nas casas mais distantes. Mas durante muitos anos lá ia ela, incansável, a pé ou de barco, sem cobrar um tostão pelo seu trabalho. Porém, continua sendo muito procurada em sua própria casa, pois as pessoas lhe pedem os remédios que sabe preparar tão bem.

No caminho, passaram por uma escola onde havia um grande movimento de crianças. No muro, de um lado, estava escrito: "A comunidade protege a escola"; do outro lado, liase: "A escola é a esperança da comunidade". Na entrada, um grande quadro de isopor, com uma colagem do globo terrestre e os dizeres: "O mundo precisa de paz".

— Que movimento é esse, Roberto? — quis saber Flávia.

— São as atividades da gincana ecológica.

— Gincana ecológica? Como é que é isso?

— Foi uma ideia que nasceu da parceria da Associação com as escolas da comunidade. É muito difícil mudar a mentalidade dos adultos nessas questões de preservação ambiental. No caso das queimadas, por exemplo, nossos técnicos procuram os proprietários de terra para orientá-los nos cuidados que precisam ser tomados para não queimarem além da área necessária para o roçado ou para o pasto, preservando ao máximo a mata nativa. Mas muitos deles resistem e continuam fazendo como sempre fizeram, degradando o ambiente. Já as crianças são bem mais receptivas e adoram aprender sobre educação ambiental. Na gincana, os professores distribuem um questionário sobre as questões ambientais, os alunos pesquisam e formam suas próprias ideias, que, depois, são debatidas em grupos.

— E eles participam com interesse?

— Com muito entusiasmo! Todos têm direito a apresentar argumentos e soluções para os problemas da pesca predatória, do lixo, das queimadas, da compra de terrenos para derrubada da mata.

— É, a esperança é essa, formar novas gerações preocupadas em cuidar do meio ambiente, sem tanta agressão como a que a gente vê hoje em dia...

— Pois é, essa experiência da escola é importante demais — acrescentou Roberto. — Eu tive um professor de Geografia que sempre falava sobre educação ambiental, levava a turma para andar com ele pela mata, mostrava a importância de não jogar lixo nos rios, distribuía mudas e levava a gente para plantar árvores na várzea, no Dia da Árvore. Eu passei a me preocupar com isso desde aquela época e hoje trabalho ativamente na Associação. Faço parte de um projeto que distribui mudas de cupuaçu, acerola, maracujá, incentivando as pessoas da comunidade a plantarem e criarem cooperativas para a produção de polpas e geleias.

— E o pessoal daqui tem o costume de fazer hortas no quintal da casa?

— Atualmente muitos fazem isso. Plantam couve, tomate, cebola, pimentão, cheiro-verde. Quando têm mais espaço, plantam também abóbora, melancia, macaxeira, cacau. Mas, antes de o nosso projeto começar, a preguiça atacava muita gente, o pessoal se contentava em comer peixe com farinha. O mais impressionante é que, em muitas famílias, essa iniciativa de organizar uma horta partiu das próprias crianças, com a orientação que as escolas começaram a dar.

— É, isso é incrível. Gosto de ver esse poder que as crianças têm de influenciar os adultos a fazerem coisas boas.

Chegaram à casa de D. Elisabete, que fica no centro de Silves, ao lado do cemitério, em frente à Drogaria Três Irmãos e à Mercearia Que Deus Me Deu. Ela já nos aguardava na sala, com a porta da casa de madeira aberta. Numa parede, além de um relógio, alguns quadros: da Sagrada Família, de Santa Luzia, de Jesus crucificado. Numa outra parede, muitas fotos: ela e o marido ainda jovens, os dois com os quatorze filhos e mais os cinco de criação; fotos mais recentes com ela, já viúva, os quase quarenta netos e cerca de uma dúzia de bisnetos.

"Que família enorme!", admirou-se Flávia.

Sentaram-se ao redor da mesa, coberta por uma toalha de plástico estampada com flores coloridas, um vaso cheio de girassóis decorando o centro da mesa, a geladeira num canto da sala com mais de uma dúzia de ímãs na porta. D. Elisabete causou uma forte impressão em Flávia: uma mulher sólida, os cabelos grisalhos presos por duas travessas, vestido de estamparia miúda com fundo preto, por trás dos óculos um olhar firme e doce, a fala mansa, deixando transparecer uma grande sabedoria e a serenidade de quem sabe que vive fazendo o bem.

Conversaram por mais de uma hora. D. Elisabete contou os casos que os médicos novatos do hospital não conseguiam resolver e mandavam chamá-la, como o de uma senhora com disenteria, que estava há uma semana só tomando soro, até que o marido resolveu tirá-la do hospital para consultar D. Elisabete.

— Aí eu preparei uma receita muito boa, cuidei dela o dia inteiro aqui em casa, e ela saiu curada.

— E o que mais a senhora trata com seus remédios?

— Ih, muita coisa! Tosse, gripe, dor de garganta. Vem muita gente também procurar remédio para agonia.

— Agonia? — estranhou Flávia.

— É, minha filha, essas pessoas que chegam aflitas, agoniadas, não sossegam, nem conseguem dormir direito. Faço um chá com folhas de laranja, a flor do vindecaá e umas sementes de maracujá. Recomendo um banho de ervas e fico conversando com a pessoa, aí ela sai daqui calminha, calminha.

— E a senhora, teve todos os seus filhos com parteira?

— É, uma colega minha ajudou com os primeiros, mas os últimos nasceram sozinhos. Em um dos partos, meu filho mais velho ajudou.

Flávia ficou impressionada. Várias amigas suas tinham tanto medo do parto, algumas quiseram até fazer cesariana por causa do medo da dor, e D. Elisabete tendo essa filharada toda com a maior naturalidade, tendo ajudado centenas de crianças a nascer em suas próprias casas.

Pediu a Roberto que tirasse uma foto sua abraçada com D. Elisabete. Queria ficar mais tempo conversando com ela, ouvindo outros casos interessantes, mas já havia uma pessoa sentada no sofá da sala esperando consulta e estava na hora de voltar para o hotel, fazer um lanche rápido, acabar de arrumar a mala e pegar o barco.

Quando foi se despedir de Bento e de Francisco, encontrou os dois felizes: tinha chegado uma carta de Maíra, com um desenho de uma família num barco, a mulher com guarda-sol aberto protegendo uma criança pequena do calor.

— E, então, Flávia? Aproveitou bem esses dias aqui conosco? — quis saber Bento.

—Ver como vocês se organizaram para melhorar a vida de todos e também o trabalho de conscientização das crianças foi uma experiência emocionante. Com certeza, elas vão crescer sabendo respeitar a natureza!

— Espero que você escreva um livro bem bonito, que seja útil para muita gente! — disse Francisco.

— Eu também! Pode ter certeza de que estou saindo daqui muito inspirada! — respondeu Flávia, abraçando e beijando os dois.

No rio calmo, Flávia conseguiu apreciar a paisagem ensolarada. Quando chegou a Silves, já tinha anoitecido e chovia. Passaram por muitos trechos de várzea verdejante, a mata nativa ao fundo. Saltaram do barco num ponto diferente daquele em que tinham embarcado. Era um lugar onde havia um salão de festas, o "Centro Social Mário Silva", a igrejinha, o campo de futebol e o bar. Perguntando pelo banheiro, o rapaz lhe indicou duas casinhas de madeira, no canto do terreno. Abrindo a porta, nada de vaso sanitário com descarga: apenas um quadrado cimentado, com um buraco no meio.

"Ai, que coisa precária!", pensou Flávia, enquanto se agachava para fazer xixi.

CAPÍTULO 17

A DESCOBERTA DA AMAZÔNIA

"Uma semana fora de casa é o caos!" — suspirou Flávia assim que entrou em casa, pegando a correspondência que o porteiro foi colocando sob a porta. "Ai, oito recados na secretária...", constatou, ao olhar para a mesinha do telefone. Levou a bolsa e a mala para o quarto, voltou para a sala, ligou o computador, já prevendo as dúzias de e-mails que encontraria: "Cinquenta e dois, menos mal, achei que encontraria no mínimo sessenta...", pensou, ligeiramente aliviada. "Ainda bem que amanhã é domingo, vou ter tempo de arrumar a casa, cuidar das minhas coisas, ir ao mercado e dar uma passadinha na casa da mamãe para almoçar e levar a roupa suja..." A lista de coisas a fazer parecia interminável.

Quis descansar um pouco depois de tantas horas de viagem, mas a curiosidade venceu o cansaço: começou a percorrer a lista dos e-mails, encontrou um de Madeleine e — surpresa total — um de Maíra.

> Querida amiga Flávia,
>
> Aposto que por essa você não esperava! É que começamos a ter aulas de informática no Bosque; estou aprendendo a usar a Internet e o correio eletrônico. Aí liguei para o Francisco, pedi o e-mail dele e ele me deu o seu também. Parece que eu estava adivinhando: ele me falou que você tinha acabado de sair do hotel, para voltar para o Rio de Janeiro. Minha professora está me ajudando a escrever essa mensagem. Queria mesmo mandar esse e-mail antes de você chegar em casa.
>
> Como foi sua viagem? Francisco me falou que você adorou Silves. Eu quero ir até lá, o Bento disse que eu poderia

passar uns dias com eles nas férias. Lembra aquele amigo do Francisco, o Gil? Ele foi uma vez lá em casa e me contou que adora conhecer lugares diferentes. Eu também! Estou louca para chegar o dia de ir para Silves. Mas o meu grande sonho é conhecer o mar, você sabe. Puxa, acabei me esquecendo de pedir a você para me trazer um pouco da água do mar num vidrinho, só para eu saber como é. Fica para a próxima vez. Ah, sabe no que estou pensando? Você, a Madeleine, o Gil e eu somos parecidos: a gente gosta muito de viajar. Quer dizer, eu nunca saí de Manaus, ir para Silves vai ser a primeira viagem, mas tenho certeza de que vou adorar! Pelo menos nos sonhos eu viajo para todos os lugares do mundo. Por isso gosto tanto quando vocês me mandam os cartões-postais!

E o seu livro, quando vai começar a escrever? Quero ser a primeira a ler! Vou dar para todos os meus amigos lerem também, quem sabe assim tenho menos trabalho para convencê-los a ser pequenos guias ou, pelo menos, a cuidar melhor do meio ambiente? O Valdir até hoje não se animou, diz que tem preguiça de guiar turistas. Que bobo, não sabe o que está perdendo. Eu acho bem legal, já guiei muita gente importante!

Flávia, você pode me dar o e-mail da Madeleine? Quero fazer uma surpresa para ela também. Por favor, guarde segredo, tá?

Vou confessar uma coisa: só estou escrevendo por e-mail porque gosto de novidades, você sabe. Mas eu prefiro continuar me correspondendo com vocês por carta. Gosto de escrever com a minha letra e de sentir a emoção de receber cartas e postais pelo correio. Vamos continuar como sempre, combinado?

Ah, mais uma coisa: adorei ver você de novo lá no Bosque. A Maria Inês achou você muito simpática. Tomara que volte logo a Manaus. Agora tenho que parar de escrever porque a professora precisa dar atenção para os outros.

Muitos beijos
Maíra

"Como é amorosa essa menina! Ter uma filha como ela deve ser muito bom, mas só de pensar na trabalheira que é cuidar de criança já desanimo...", pensou Flávia, enquanto relia a mensagem de Maíra. "Será que meu livro vai ter esse poder de plantar sementes no coração da garotada, como a Maíra tenta fazer com seus amigos? O mundo precisa de milhões de jovens como ela, dispostos a entrarem em ação, tentando consertar todo o estrago que já foi feito, cuidando do que ainda está bem...", concluiu, pensativa.

Levantou, foi até a cozinha, abriu a geladeira para pegar água, constatou que não havia praticamente nada para comer, além de uma maçã, duas salsichas e algumas fatias de pão de forma. "Na verdade, precisaria ir ao mercado agora mesmo, mas estou com uma preguiça danada...", pensou, mordiscando uma salsicha, enquanto abria o congelador para ver se ainda encontrava um restinho de sorvete.

Voltou ao computador e encontrou uma mensagem de Madeleine:

Querida Flávia,

Estou louca para saber das novidades de Silves. Escreva para mim assim que puder! Aqui vai a minha supernovidade: estou saindo direto com aquele fotógrafo charmosíssimo, o Antoine. Ai, Flávia, ele é demais! Lindo, inteligente, interessante, nossa, estou apaixonada! Espero que você supere sua desilusão com o Luís André, que consiga realmente acreditar que ele nunca mereceu você. Só assim você poderá abrir seu coração e descobrir um cara legal. Enquanto a gente fica pensando no que não deu certo, não atrai coisa boa. E esse medo de quebrar a cara de novo não é proteção que preste, apenas bloqueia as oportunidades. Conselho de amiga!

O Antoine está pensando seriamente em viajar pela Amazônia, eu indo junto, é claro! Talvez iremos daqui a uns três meses, aí passaremos pelo Rio de Janeiro, será uma oportunidade de a gente se encontrar. Depois, iremos para Manaus, onde poderei rever a Maíra, e quero também ir a Silves, por isso preciso que você me conte sua viagem em detalhes e me mande fotos.

E o projeto do livro? Anda muito inspirada? Conte-me tudo!

Grande abraço
Madeleine

Flávia estava exausta, mas, mesmo assim, resolveu responder ao e-mail de Madeleine antes de dormir.

Querida Madeleine,

Acabei de chegar em casa e, no meio de mais de cinquenta mensagens, encontrei a sua. Estou morrendo de sono, prometo descrever minha viagem a Silves em detalhes ainda esta semana. Ah, antes que eu me esqueça: comprei e já comecei a usar um xampu de andiroba. Meus cabelos ficaram sedosos, com um brilho incrível. Comprei também um creme para a pele, que ficou supermacia. Se você resolver vender esses produtos na sua loja em Paris, vai ser o maior sucesso!

Resolvi preparar uma matéria, mesmo sem meu editor ter pedido, para ver se ele concorda em fazer o contraste entre o "ecoturismo chique", para quem tem preguiça de caminhar e só gosta de navegar em barcos confortáveis, e o ecoturismo dos verdadeiros amantes da natureza, interessados em conhecer a realidade das populações locais, cuidando da preservação ambiental. Provavelmente, ele dirá que o público-alvo do jornal não vai se interessar por essa segunda parte, mas não custa tentar... Pelo menos, escreverei esse relato para enviar a você, mostrar aos amigos que pensam como a gente e aproveitar os dados para criar uma história interessante para os jovens. Ai, Madeleine, será que eu vou conseguir fazer isso? Será que vai ter algum editor interessado num livro como esse? Será que as escolas vão achar uma boa ideia discutir esses temas com os alunos? Será que eles vão gostar do livro ou vão achar uma chatice? Bem, como você vê, estou cheia de dúvidas.

Mas, apesar das dúvidas, estou muito entusiasmada com esse projeto. Revendo as duas viagens e pensando nos seus relatos, cheguei à conclusão de que estou fazendo uma verdadeira descoberta da Amazônia! Lá em Silves, encontrei o Francisco e conheci o Bento, que também é um amor de pessoa. Nós três falamos por telefone com a Maíra, que está querendo passar uns dias com os irmãos nas férias. Eles mandaram um grande abraço para você. A Maíra está uma moça! Cresceu, está linda, com aqueles olhos grandes, cheios de vida, impressionante como, nessa idade, poucos meses fazem tanta diferença!

Conheci pessoas encantadoras e ouvi falar de outros projetos de desenvolvimento sustentável muito interessantes: no arquipélago de Bailique, no Amapá, e também no Centro de Pesquisas do Canguçu, perto da Ilha do Bananal, em Tocantins, onde eles desenvolvem pesquisas ambientais. Lá há um hotel confortável, uma construção que lembra os filmes de Tarzan. Várias pessoas me disseram que a região é belíssima, com lagos e rios caudalosos, praias de areia fina e branca, natureza selvagem. A Ilha do Bananal é um dos mais importantes santuários ecológicos do Brasil. Quero conhecer esses lugares, só não sei quando nem como. Duvido muito que meu chefe me mande para lá.

Há muita coisa boa acontecendo na Amazônia e, na verdade, em todo o país. É preciso divulgar tudo isso e ter a esperança de que essas boas ideias se multipliquem para que a nossa riqueza natural seja preservada e a vida de todos nós possa melhorar. Lembra aquela palavra diferente que a mãe da Maíra aprendeu com ela? "Florestania", a cidadania dos povos da floresta. É um termo que está começando a ser utilizado nos projetos que procuram estimular o desenvolvimento das comunidades e a participação das pessoas na preservação ambiental.

Obrigada pelo "conselho de amiga". Lá em Silves eu estava tão envolvida com o trabalho e tão encantada com tudo o que via que nem pensei em outras coisas. Mas vou ficar atenta e tentar “abrir meu coração”. Você tem razão: o Luís André é um bobo mesmo. E mentiroso, ainda por cima. Você é que está certa, dando-se a oportunidade de viver um novo amor.

Vou ficar muito feliz de passear com você e o Antoine aqui no Rio de Janeiro. Vou procurar saber de outros projetos e lugares interessantes na Amazônia para que vocês possam conhecer.

Beijo grande
Flávia

Caindo de sono, quase cochilando diante da tela, Flávia esfregou os olhos, desligou o computador e foi dormir, com uma alegria serena embalada pelas lembranças agradáveis da sua "descoberta da Amazônia" e pelas ideias que começavam a tecer o livro sonhado.

FIM

MARIA TEREZA MALDONADO

Apreciando a Leitura

Bate-papo inicial

Flávia é jornalista carioca e vai à Amazônia com o objetivo de escrever uma reportagem sobre ecoturismo. Em contato com a realidade local, toma conhecimento de diversos programas de desenvolvimento sustentável. Aprende que o ecoturismo é uma forma de gerar trabalho, evitando que as pessoas saiam de sua comunidade para buscar emprego em Manaus. Encanta-se com o Projeto Pequenos Guias, que contribui para a formação de jovens dispostos a melhorar a qualidade de vida humana.

Habituada ao conforto do Rio de Janeiro, começa a refletir sobre a situação daqueles que vivem sem luz elétrica, sem televisão, telefone, geladeira, ventilador. Descobre que o meio mais eficiente de comunicação na região é a rede de rádios comunitárias comandada por mulheres. Na ilha de Silves, encanta-se com a diversidade da fauna e da flora amazônica. Verifica que, apesar das dificuldades, há, em vários lugares da Amazônia, projetos bem-sucedidos voltados à preservação do meio ambiente e à formação de uma nova mentalidade.

Acompanhando Flávia em suas viagens, percebemos que é importante termos sempre em mente a necessidade de preservação ambiental, em todos os lugares, no nosso dia a dia.

Analisando o texto

1. Esta história tem uma característica interessante: todas as personagens principais são mulheres. Indique seus nomes, idade e profissão.

R.: ______________________________

2. Explique como elas se conheceram.

R.: ______________________________

3. De acordo com o texto, quais os principais problemas que causam o desequilíbrio ecológico na Amazônia?

R.: ______________________________

4. A construção do hotel de selva provocou mudanças no meio ambiente. O que aconteceu?

R.: ____

____

____

____

____

5. Na ilha de Silves ocorreu a mesma coisa?

R.: ____

____

____

____

____

____

____

____

____

6. Como funciona o Projeto Pequenos Guias?

R.: ____

____

____

____

____

____

____

____

____

____

Para qualquer comunicação sobre a obra, entre em contato:

SARAIVA Educação S.A.
Avenida das Nações Unidas, 7221 – Pinheiros
CEP 05425-902 – São Paulo – SP – Tel.: (0xx11) 4003-3061
www.editorasaraiva.com.br
atendimento@aticascipione.com.br

Escola: ______________________________

Nome: ______________________________

____

Ano: ______________ Número: ______________

Faça uma pesquisa nos livros de Geografia e procure uma definição para **desenvolvimento sustentável**. Se houver necessidade, peça orientação a seu professor.

R.: ____

____

____

____

____

____

____

17. Procure conhecer outras regiões do Brasil em que há programas de gestão ambiental, como o estado de Tocantins. Obtenha informações sobre as Áreas de Proteção Ambiental e os Programas Ambientais brasileiros e troque informações com os colegas.

■ Redigindo

18. Se você tem acesso à Internet, não deixe de visitar o *site* bosque.inpa.gov.br. Caso deseje obter mais informações sobre o projeto Pequenos Guias, envie um *e-mail* para o Bosque da Ciência: bosque@inpa.gov.br. Se for como Maíra, que prefere escrever cartas, redija uma relatando os problemas ambientais de seu bairro ou cidade. Não se esqueça de colocar atrás do envelope o seu endereço. Aqui está o endereço do destinatário:

Bosque da Ciência
Av. Otávio Cabral, s/n, Aleixo
CEP: 69067-370 - Manaus, AM
Tel.: (92) 3643-3192

19. Conhecendo o projeto dos pequenos guias, percebemos como as crianças e os jovens podem influenciar de maneira positiva suas famílias e comunidades. Como você poderia contribuir para cuidar melhor do meio ambiente em sua casa, seu bairro e sua cidade?

7. Manaus também apresenta problemas sociais comuns às grandes cidades. Cite alguns exemplos.

R.: ____

____

____

____

____

8. A grande festa da Amazônia é o festival folclórico do boi-bumbá. Quando ela acontece e quais são as suas características?

R.: ____

____

____

____

____

____

____

9. Qual é o principal meio de comunicação na Amazônia? Como ele funciona?

R.: ____

____

____

____

____

____

____

____

____

____

10. Quais eram os problemas sociais da região de Silves?

R.: ____

____

____

11. Como a população conseguiu resolver esses problemas?

R.: ____

____

____

____

12. O que motivava Flávia a tentar escrever um livro?

R.: ____

____

____

____

____

Linguagem

13. Hoje em dia se fala muito sobre Ecologia, mas a maioria das pessoas não conhece seu significado nem sabe quando esse termo surgiu. Consulte seu dicionário e outros livros ou revistas especializados no assunto e obtenha essas informações.

R.: ____

____

____

____

____

____

____

14. Observe as seguintes frases:

"O sambó*dromo* fica cheio de gente cantando e dançando."
"O tal do 'Bumbó*dromo*' tem capacidade para 35.000 pessoas."

a) Consulte seu dicionário e descubra o significado de -dromo.
b) Procure encontrar outras palavras formadas com a mesma partícula.
c) Usando o mesmo recurso, crie palavras novas.

R.: ____

____

____

____

____

____

____

■ Pesquisando

15. A preservação do meio ambiente deve ser considerada uma questão de toda a sociedade e não um problema individual.
Consulte a Constituição brasileira de 1988 e verifique o que diz sobre esse assunto.

R.: ____

____

____

____

____

____

____

16. O grande desafio da atualidade é promover o desenvolvimento sustentável, tema central da Conferência das Nações Unidas sobre Desenvolvimento Sustentável, ocorrida no Rio de Janeiro em 2012, conhecida como Rio+20.

Maria Tereza Maldonado é carioca e mora no Rio de Janeiro com seus filhos, Mariana e Cristiano. É psicóloga especializada em psicoterapia de famílias e membro da American Academy of Family Therapy e da World Association for Infant Mental Health. Tem vários artigos publicados em revistas científicas e dezenas de livros, a maioria sobre relacionamento familiar, desenvolvimento pessoal e construção da paz. Nas palavras da autora:

"Quando me pedem uma definição sintética do meu trabalho, costumo dizer que é ajudar as pessoas a viver melhor. A 'bússola' que me guia nessas viagens da vida é o conceito atual de paz: a harmonia interior, o bom relacionamento com as pessoas e a preservação do meio ambiente. Em *Florestania*, o assunto principal é o desenvolvimento sustentável como caminho ideal para o ecoturismo, tendo como meta o respeito pelas populações tradicionais e a preservação do meio ambiente, ou seja, a paz com o lugar em que vivemos, para que as gerações futuras possam ter uma boa qualidade de vida.

O planeta Terra é a nossa grande casa: todos nós moramos aí. Em muitos aspectos, estamos agredindo violentamente nosso ambiente, cuidando mal da nossa casa: destruímos nossas florestas, esterilizamos o solo, poluímos o ar, os rios e os oceanos, tornando a vida mais difícil para todos. É necessário desenvolver uma nova consciência de responsabilidade coletiva que inclua mais participação na sociedade, o cuidado com o meio ambiente, a ampliação das redes de solidariedade e o conceito de 'cidadania planetária'. Para que cada um de nós possa realmente viver melhor e em paz, é preciso que todos possam ter acesso às condições básicas de uma vida digna.

Escolhi a Amazônia como cenário da história porque sou fascinada pela grandiosidade da floresta e dos rios, embora o Brasil como um todo me encante, pela diversidade de paisagens e de pessoas. No meu trabalho como conferencista, viajo por todo o país e tenho tido a oportunidade de conhecer de perto muitos projetos interessantes. Estive na Amazônia árias vezes e, a partir dessa 'pesquisa da realidade', criei uma história, dedicada às crianas e aos jovens, nos quais tenho muita esperança por considerá-los agentes poderosos de ansformação social".

Conheça a página da autora na Internet:
www.mtmaldonado.com.br

obre o ilustrador

Marcelo Martins desenha, como muitos, desde criança, mas nunca estudou Arte. studava Economia na USP quando foi convidado a estagiar numa agência de publiciade. Acabou se formando em Publicidade pela ESPM e trabalhou exclusivamente com ropaganda e arte por oito anos. Durante esse período, surgiu a oportunidade de fazer istórias em quadrinhos para o exterior, e com ela muitas outras portas se abriram. Desde ntão, a arte ocupa um papel definitivo em sua vida, principalmente como forma de expressão e realização.

COLEÇÃO JABUTI

Adeus, escola ▼◆▥☒
Amazônia
Anjos do mar
Aprendendo a viver ◆⌘■
Aqui dentro há um longe imenso
Artista na ponte num dia de chuva e neblina, O ✻★⌖
Aventura na França
Awankana ✎☆⌖
Baleias não dizem adeus ✻🕮⌖○
Bilhetinhos ✪
Blog da Marina, O ⌖✎
Boa de garfo e outros contos ◆✎⌘⌖
Bonequeiro de sucata, O
Borboletas na chuva
Botão grená, O ▼✎
Braçoabraço ▼⚐
Caderno de segredos ❑◎✎🕮⌖○
Carrego no peito
Carta do pirata francês, A ✎
Casa de Hans Kunst, A
Cavaleiro das palavras, O ★
Cérbero, o navio do inferno 🕮☑⌖
Charadas para qualquer Sherlock
Chico, Edu e o nono ano
Clube dos Leitores de Histórias Tristes ✎
Com o coração do outro lado do mundo ■
Conquista da vida, A
Da matéria dos sonhos 🕮☑⌖
De Paris, com amor ❑◎★🕮⌘☒⌖
De sonhar também se vive...
Debaixo da ingazeira da praça
Desafio nas missões
Desafios do rebelde, Os
Desprezados F. C.
Deusa da minha rua, A 🕮⌖○
Devezenquandário de Leila Rosa Canguçu ✈
Dúvidas, segredos e descobertas
É tudo mentira
Enigma dos chimpanzés, O
Enquanto meu amor não vem ●✎⌖
Escandaloso teatro das virtudes, O ✈☺

Espelho maldito ▼✎⌘
Estava nascendo o dia em que conheceriam o mar
Estranho doutor Pimenta, O
Face oculta, A
Fantasmas ⌖
Fantasmas da rua do Canto, Os ✎
Firme como boia ▼⌖○
Florestania ✎
Furo de reportagem ❑✪◎🕮⚐⌖
Futuro feito à mão
Goleiro Leleta, O ▲
Guerra das sabidas contra os atletas vagais, A ✎
Hipergame ✍🕮⌖
História de Lalo, A ⌘
Histórias do mundo que se foi ▲✎✪
Homem que não teimava, O ◎❑✪⚐○
Ilhados
Ingênuo? Nem tanto...
Jeitão da turma, O ✎○
Lelé da Cuca, detetive especial ☑✪
Leo na corda bamba
Lia e o sétimo ano ✎■
Luana Carranca
Machado e Juca ✝▼●☞☑⌖
Mágica para cegos
Mariana e o lobo Mall 🕮⌖
Márika e o oitavo ano ■
Marília, mar e ilha ▥✍✎
Matéria de delicadeza ✎☞⌖
Melhores dias virão
Memórias mal-assombradas de um fantasma canhoto
Menino e o mar, O ✎
Miguel e o sexto ano ✎
Miopia e outros contos insólitos
Mistério mora ao lado, O ▼✪
Mochila, A
Motorista que contava assustadoras histórias de amor, O ▼●▥⌖
Na mesma sintonia ⌖■
Na trilha do mamute ■✎☞⌖
Não se esqueçam da rosa ♠⌖
Nos passos da dança

Oh, Coração!
Passado nas mãos de Sandra, O ▼◎⌖○
Perseguição
Porta a porta ■▥❑◎✎⌘⌖
Porta do meu coração, A ◆⚐
Primeiro amor
Quero ser belo ☑
Redes solidárias ◎▲❑✎⚐⌖
Reportagem mortal
romeu@julieta.com.br ❑▥⌘⌖
Rua 46 ✝❑◎⌘⌖
Sabor de vitória ▥⌖○
Sambas dos corações partidos, Os
Savanas
Segredo de Estado ■☛
Sete casos do detetive Xulé ■
Só entre nós – Abelardo e Heloísa ▥■
Só não venha de calça branca
Sofia e outros contos ☺
Sol é testemunha, O
Sorveteria, A
Surpresas da vida
Táli ☺
Tanto faz
Tenemit, a flor de lótus
Tigre na caverna, O
Triângulo de fogo
Última flor de abril, A
Um anarquista no sótão
Um dia de matar! ●
Um e-mail em vermelho
Um sopro de esperança
Um trem para outro (?) mundo ✖
Uma trama perfeita
U'Yara, rainha amazona
Vampíria
Vida no escuro, A
Viva a poesia viva ●❑◎✎🕮⌖○
Viver melhor ❑◎⌖
Vô, cadê você?
Zero a zero

★ Prêmio Altamente Recomendável da FNLIJ
☆ Prêmio Jabuti
✻ Prêmio "João-de-Barro" (MG)
▲ Prêmio Adolfo Aizen - UBE
✍ Premiado na Bienal Nestlé de Literatura Brasileira
☛ Premiado na França e na Espanha
☺ Finalista do Prêmio Jabuti
♨ Recomendado pela FNLIJ
✖ Fundo Municipal de Educação - Petrópolis/RJ
✪ Fundação Luís Eduardo Magalhães

● CONAE-SP
⌖ Salão Capixaba-ES
▼ Secretaria Municipal de Educação (RJ)
■ Departamento de Bibliotecas Infantojuvenis da Secretaria Municipal da Cultura/SP
◆ Programa Uma Biblioteca em cada Município
❑ Programa Cantinho de Leitura (GO)
♠ Secretaria de Educação de MG/EJA - Ensino Fundamental
☞ Acervo Básico da FNLIJ
✈ Selecionado pela FNLIJ para a Feira de Bolonha

✎ Programa Nacional do Livro
🕮 Programa Bibliotecas Escola
✍ Programa Nacional de Salas d
▥ Programa Cantinho de Leitura
◎ Programa de Bibliotecas das Esc Estaduais (GO)
✝ Programa Biblioteca do Ensino Mé
⌘ Secretaria Municipal de Educação
☒ Programa "Fome de Saber", da Faap
⚐ Secretaria de Educação e Cultura da B
○ Secretaria de Educação e Cultura de V